いのちの種
ご隠居は福の神 4
井川香四郎
JN067502
時代小説
二見時代小説文庫

目次

いのちの種――ご隠居は福の神 4

第一話　沙羅（さら）の実

一

高山（たかやま）家の屋敷内では、珍しく怒声が飛び交っていた。

主（あるじ）の和馬（かずま）が何が不満なのか、いつもは頼りにしている吉右衛門（きちえもん）を悪し様（あしざま）に罵（ののし）っているのだ。おっとりしている和馬としても、かような乱暴な態度になるのかと、居合わせた大工や植木職人たちもおろおろしていた。

「いちいち細かいことをうるさいんだ。困った者たちに恵んでやることの、どこが悪いのだ。おまえもいつもやってるだろ」

「目についたこと何でもかんでもというのは、必ずしも相手のためになりませぬ」

「それも何度も聞いた」

「ならば少しはお考え下され。もううちには振る袖もありませぬぞ」

「おまえの着物に袖はまだ残ってるぞ」

「ふざけないで下さい。今日の粥だって、どうやって調達したと思うているのです。人に施すのは結構ですが、自分の身を立てるのが人の道です」

「また役職に就けっていう話か」

「そうではありませぬ。人に恵んで自分が食うに困ってるばかりでは、独りよがりに過ぎないではありませぬか」

「なにをゴチャゴチャと。それが主人に向かって言う言葉か」

「逆命利君という言葉もありますれば。あえて主君に楯を突いても、正しい道へ……」

「黙れ、黙れ。もう沢山だ。転がり込んできたのを、情けで拾うてやったが、とんだ貧乏神だった。たった今、暇を出す。出てけ」

　和馬は怒鳴りつけて背中を向けた。

　見ていた大工棟梁の角蔵が、慌てて二人の間に止めに入った。

「和馬様、それはいけやせん。お気持ちは分かりますが、貧乏神だなんて、それはあまりに酷い言い草でございやす。ここは頭を冷やして、落ち着いて話しやしょう」

「誰の気持ちが分かるというのじゃ」

今度は、吉右衛門の方がふて腐れたように角蔵を見た。

「和馬様の気持ちが分かるということは、私の方が何か至らなかったということかな。これはなんとも心外な」

「そんなこと誰も申してません。ですが……」

「もうよろしい。私もいつまでも、ここでお世話になっているつもりはありません。所詮は、拾ってやった野良犬くらいにしか思ってらっしゃらないようですので、今日までのことは深く感謝致しまして、ありがたくお暇を戴きます」

「だめですよ。ご隠居さんまで、そんなやけっぱちなことを……」

角蔵はなんとか宥めようとしたが、吉右衛門は来たときも手ぶらだったからと、さっさと手ぶらで出ていった。止めに走ろうとする角蔵を和馬は叱責するように制した。

「捨て置け、角蔵。おまえは自分の仕事をちゃんとしておけばよいのだ」

「へ、へえ……でも、本当にいいのですか」

「いいのだ」

和馬はプンと腹立たしげに吐き捨てて、奥へ行った。頭を抱える角蔵に、植木職人の勘太は意外と冷ややかに、

「大丈夫ですよ。喧嘩するってことは仲がいいってことだから、明日になれば、お互い何事もなかったように一緒に飯を食ってら」

「だといいのだがな。ここまで言い合うのは、あまり見たことねえし……」

周りの者たちの心配をよそに、吉右衛門らしくない憤懣やるかたない態度で、門を出ると当てもなく早足で歩き始めた。

ぶつぶつ言いながら、いつもの竪川沿いの散歩道を外れ、習慣である富岡八幡宮の参拝もせず、永代橋を渡って深川から〝江戸市中〟へと足を伸ばした。歩いているうちに心地よい海風に吹かれ、まだ梅の咲く時節ではないが、どこからともなく花の香りが漂ってきて、気分が落ち着いてきた。

いつの間にか日本橋の上まで来て、その先にある広い通りの両側に軒を並べる大店、さらに遙か遠くに見える富士山が、浮世絵よりも美しかった。このような見事な町作りをした徳川家康は、立派であったのだなあと改めて感心した。

大通りは商人や買い物客で賑わっており、さすが日本一の繁華な所だけあって、何もかもが華やいで見える。武家町人に拘わらず、往来する人々には活気があり、町娘たちの着物も色とりどり艶やかで、老人の吉右衛門でも思わず振り返るほどだった。

よそ見をしていたときである。

とある大店の前で、土埃を抑えるために水撒きをしていた若い手代風が、パッと水桶を手放して投げてしまった。それは勢いよく吉右衛門に向かって飛んでいった。水は大きく広がり、頭から覆い被さるほどであった。

「あっ、申し訳ありません」

思わず手代風は駆け寄ろうとしたが、吉右衛門は二間ほど離れた所に立っている。そして、何事もなかったように立ち去ろうとしたが、手代風は目を擦ってから、追いかけた。

「ご隠居様。大丈夫でしょうか」

声をかけた手代風に、吉右衛門は穏やかな笑みを湛えて振り返り、

「何がですかな」

「いえ、今、水をかけてしまって」

「何もかかっちゃおりませんよ。ほら、ごらんのとおり」

吉右衛門は濡れていないと着物を見せたが、手代風はそれでも申し訳なさそうに、

「では、お怪我はございませんか……たしかに私は水桶を投げてしまった。ほら、あそこまで飛んでおります」

と数間先の地面に落ちているのを指した。

「ああ。そうでしたか、とっさのことで分かりませんでした」

「とっさのこと」

「ですから、思わずというか……」

手代風は目の前で起こったことを、しかと見ていた。自分が水桶を投げた瞬間、吉右衛門はひらりと猿のように跳んで、水を避けて二間ほど先に着地したのを見ていたのだ。

「ご隠居さん、とにかくこちらへ……私はこの呉服問屋『長門屋(ながとや)』の番頭でございます。粗相(そそう)があっては困りますので、ささ」

腰を低くして手代風が言うと、吉右衛門は意外な顔になって、

「番頭さんにしては、お若いですな」

「ええまあ。でも、もう二十五歳になります」

「いや、それでもお若い。大した遣り手なんですねえ。しかも、このような立派な大店の番頭さんが率先して水撒きとは、さぞやご主人はご立派な方なんでしょうな」

「ええ。それはもう……ですから、どうぞお詫び致しますので」

大店の番頭がこのような対応をするのは、後で厄介事が起こるのを予(あらかじ)め避けるためだ。だが、この番頭はそうではないなと、吉右衛門の目に映った。

素直に従って店に入ると、さらに驚いたことに、四十人余りはいるであろう『長門屋』の印半纏を着た店員が、間口も奥行きも二十間ほどありそうな広い売り場で、仕立て終えた着物や反物を扱っていた。お客も手代や小僧の倍以上の人がいるだろうか、まるで魚市場のような喧噪で商われていた。

「いやあ、これは驚いた……こんな凄い呉服問屋が日本橋のど真ん中にあったとは」

呉服問屋とはふつう〝殿様〟商売がほとんどで、黙って待っていても得意客が来て、ゆっくり見立てるものだ。高級な身分の武家などが相手だと、屋敷まで出向くこともある。一見の客が集まることなどまずない。

「ここは本当に呉服屋なのだね」

「ええ。でも、ごらんのとおり、若い娘さんやふつうの職人さんたちが立ち寄る店なんです。なので、値段の方もお安くしております。ご隠居さんのような立派なお召し物を着られているお方には用のない店ですが、物見遊山のつもりで、さあご覧下さい」

番頭に誘われるままに、若い娘たちの間を縫うように眺めていると、本当に色とりどりの着物や羽織、帯などが並べられている。今でいう展示販売だろうが、当時では珍しい方式であった。

一端、帳場の方に向かった番頭が、やはり客の間を申し訳なさそうに、

「女将さん、こちらです。どうぞ」

　と連れてきたのは、また見るからに若い女で、とても大店の女将には見えなかった。

「これ、完兵衛さん。料理屋じゃないんだから、女将さんはやめてって言ってるでしょうが。ご主人様と言いなさい、ご主人様と」

　若い女将はふざけた口調で、番頭に言ってから、吉右衛門に向き直った。完兵衛と呼ばれた番頭は深々と礼をしてから、仕事に戻ると言って立ち去った。

「女将の沙喜と申します」

「さち、さん」

「いえ、さき……沙羅双樹の沙に喜ぶと書きます。変な名前でしょう」

「素晴らしい名前ですな。お釈迦様が最期を迎えた生命の木のように、人々に喜ばれる人になれ……ですかな」

「どうして、その由来を……」

「思いつきです。お父上はかなりの教養と豊かな感情をお持ちですな」

「いいえ。ただの商人でした」

「でした……」

「三年ほど前に亡くなりまして、持病が悪化しましてね」

「そうでしたか……残念でございますね」

「ええ。こんな店にしたから、きっと草葉の陰で怒ってますわ。死んでも死にきれないってね」

「そんなことはないでしょう。これだけの立派な店を……いやあ、感服致します」

「ここではなんですから、ちょっと奥に……お召し物も濡れていては……」

沙喜が誘うと、吉右衛門はもう乾いたとごまかしたが、

「ちょっとお願いがあるのです」

とサバサバとした若い女将の顔が、妙に艶っぽい色になった。

年甲斐もなく、吉右衛門は胸がチクリと痛むような甘酸っぱい匂いを感じた。

そういえば、沙羅双樹の香りはとても良いと聞いたことがある。このような女性の膝元で死ねれば幸せであろうなと、吉右衛門はニッコリと微笑み返した。

裏庭から奥の茶室のような部屋に通されたとき、吉右衛門は履き物を脱いで上がった。透かさず、沙喜は履き物を次に履きやすいように、沓脱石に置き直した。

「女将さん自らなんて……これは申し訳ありませんなあ」

「いいえ。とんでもございません」

しゃがんだ姿勢で、沙喜は上目遣いで微笑んだ。

二

その夜のことである。

深川は富岡八幡宮の境内で、派手な捕り物があった。

北町奉行の遠山左衛門尉が直々、陣笠陣羽織で出馬してきて、町方同心や捕方、岡っ引らも数十人の大立ち廻り。たったひとりの盗人を相手に、四半刻もかけてようやく縄をかけたのであった。

その噂は、あっという間に江戸中に広がった。捕り物が行われた地元では、人が会うたびにその話で持ちきりだった。

御用とはあまりの縁のない深川診療所でも、患者が口を開けば、

――〝般若の鎌三〟がとうとう捕まった。

とのことだった。

無理もない。〝般若の鎌三〟は、もう五年も前から、関八州や江戸を荒らし廻っていた盗賊の頭領だったからである。

無駄口が嫌いな深川診療所医師の藪坂甚内ですら、患者や使用人たちと「お縄になって本当に良かった」と心底、安堵していたのである。噂では、人殺しも厭わないような連中の集まりだから、特に金持ちの商人たちは恐々として眠れなかったはずだ。

　産婆と骨接ぎ担当の千晶も今日は暇なのか、ぺちゃくちゃ話していた。

「ほんと凄いよねぇ。お奉行様が直々に出てきて、たったひとりを相手に、何十人ものお役人が束になってかかるのを、ひょいひょいと猿のように跳んで逃げるんだから、やはり噂どおりに大泥棒だったんだね」

「千晶さん、まるで芝居でも見てきたように言うねぇ」

　足を骨折して寝たままの婆さん患者が、楽しそうに聞いている。

「いや、ほんと。その役人の中にはさ、古味の旦那もいたんだけど、全然、役立たずでさ、仲間は『邪魔だから、どいてろ』って。お奉行様からも怒鳴られたんだって」

「古味様……」

「ほら、いつも偉そうに袖をぶらぶらさせてくる奴がいるでしょうが。相撲取りみたいなでっかい岡っ引と一緒に」

「袖の下をくれって」

「そうそう。笑っちゃうよね。自分の手でお縄にすれば、金一封貰えるのにさ」

おかしそうに千晶は笑って、

「〝般若の鎌三〟の方は凄いよ。これまでに奪い取った金は十万両ってことだからさ。八丁堀の旦那とは稼ぎが桁違いだよね」

「古味さんは泥棒じゃないでしょ」

「あちこちで用心棒代取ってるんだから、似たようなもんだよ」

「そりゃ、言い過ぎじゃねえか」

という男の声に振り返ると、縁側の向こうの庭に、古味覚三郎と岡っ引の熊公が立っていた。いつもの嫌味な顔といかつい元相撲取りの二人組である。

「なあ、千晶先生。人には言っていいことと悪いことがあるんだよ」

古味が脅すように睨むと、千晶はまったく動ぜず、

「人にはやっていいことと悪いことがあるんですよ、古味の旦那。三十俵二人扶持という立派な俸禄を貰ってる。それはお百姓が作ったものだからね、ちゃんと働いて下さいな」

「おい。いい加減にしとけよ……」

と突っかかろうとした古味を、熊公は笑いながら袖を引いた。

「本当のことだから、怒っちゃいけやせんぜ」

「なんだ、おまえまで」

袖を振り払って古味は、診療所にいる患者たちを見廻しながら声を張り上げた。

「〝般若の鎌三〟はとっ捕まえたが、手下たちはまだ市中をうろついてる。このような診療所にも怪我をした振りして、潜(もぐ)り込んでる奴がいるかもしれねえ。ちょいと調べさせて貰うからよ」

強引に踏み込もうとしたとき、

「八丁堀の旦那。古味様でございますね」

と背後から声がかかった。

診療所は円照寺(えんしょうじ)という寺を借りて開いているが、山門を入った所にいたのは、十五、六であろうか、まだ箸(はし)が転んだだけでも笑う年頃の可愛い娘だった。

振り返った古味が「そうだが」と立っていると、その顔をじっと見つめていた娘の瞳がみるみるうちに潤(うる)んできた。

「——ち、父上……」

「ええっ」

吃驚(びっくり)したのは千晶や熊公ら周りの者たちで、古味は至って冷静に、

「父上……俺のことかい」

と訊き返すと、娘は素直に頷（うなず）いた。

「私の名は、幸乃（ゆきの）と申します。あなたに名付けられたと、母から聞きました。男の子なら覚太郎（かくたろう）、女の子なら幸乃と」

「おいおい。冗談はよしな。俺をからかうと痛い目に遭うぜ」

幸乃と名乗った娘は、じっと古味を見据えたまま、

「私を産んでくれたおっ母さんは、この深川で芸者をしていた夢路（ゆめじ）……本名は、お絹（きぬ）という者です。私を産んですぐ、故郷の常陸鹿島（ひたちかしま）に帰りました」

「夢路……お絹……さあ、知らぬな」

古味は否定したものの、明らかに動揺して手足が微妙に震えていた。そして、十手（じって）の先で顎（あご）の下を擦った。

それを見ていた熊公は、さらに「ええっ！」と大声を上げた。

「その仕草……旦那。嘘をついちゃいけやせんよ。お絹って女に覚えがあるんですね。でもって、その娘さんにも心当たりが」

「にゃ、にゃにを言うんだ、ふま公……」

「言葉になってやせんぜ、旦那。俺も十年近く旦那に仕（つか）えてるんだ。言ってることが本当か嘘かくれえ見分けがつきやす。娘さん、さあ、こっちへ座んなせえ」

熊公の方が手際（てぎわ）よく縁側に、飾りっ気のない素朴な町娘を座らせた。少なくとも事情だけは聞いてやろうという態公だ。

「幸乃とやら。古味様が、おまえの父親だっていう証（あかし）はあるかい」

「はい。これでございます」

手にしていた小さな荷物の中から、細い桐箱を出した。二重になっていて、上の段には花飾りのついた銀の簪（かんざし）。下の段には、臍（へそ）の緒と産婆の名前を記した黄ばんだ紙があった。

傍（かたわ）らで見た千晶は、思わず覗き込んで、

「おっ母さんは死んだのかい。産後の肥立ちが悪いか何かで」

「えっ……よくご存じですね」

幸乃が振り向くと、千晶は悲しそうな目になって、

「その桐箱だよ。臍の緒は生まれた証に取っておくけどさ、簪を一緒に入れるってのは、大抵、産後の肥立ちが……」

「元々、体が悪く、母子（おやこ）共に死んでも不思議ではなかったそうです。自分だけが犠牲になっても、私をちゃんとこの世に送り出してくれた母に……感謝しております」

まじまじと幸乃を見つめていた古味は、おもむろに簪に手を伸ばした。掌（てのひら）に載せ

て、しみじみと眺めながら、

「たしかに、これは俺が夢路に……いや、お絹にやった簪だ……大した物じゃねえがな……芸者なのに、素のまんまで、夏祭りに付き合ってくれてよ……花火に盆踊り、はは……楽しかったなあ」

と誰にともなく呟いた。

「感傷に浸ってる場合ですか、旦那」

熊公は、幸乃を軽く古味の方に押しやって、

「旦那。何とか言ってやっておくんなせえ。どういう経緯か知らねえが、こうして遥々、訪ねてきたんだからさ」

「え、ああ……たしかに、お絹の顔にそっくりだ。その瓜実顔に富士額……目元や唇の形なんざ、本当に……」

感極まったように古味は言葉が詰まった。だが、余りにもいつもの古味と様子が違うので、千晶は却って噴き出した。でも、気を取り直して、桐箱を見せ、

「おっ母さんは亡くなったけど、こうして娘さんは生きてた。よかったねえ」

と声をかけると、幸乃は涙ながらに頷いた。

「ありがとうございます……おっ母さんは、私が生まれる前から、周りの人に、お腹

の子の父は、江戸の町方同心・古味覚三郎様だと話してくれてました。訳あって、故郷に帰ったけれど、この子が三つくらいになったら、必ず会わせてあげるって……」

幸乃が話すのを、俯き加減で古味はじっと聞いていた。

「でも、私を産んですぐ……遠縁の者に預けられ、何不自由なく育ったけれど、おっ母さんのことは顔すら覚えていない……お父っつぁんが、いえ父上が生きているのなら、せめて一度だけでも会ってみたい……私、それだけの気持ちで……」

最後の方は、はっきりと声になっていなかった。肩を震わせて必死に話す幸乃に、古味はそっと近づいた。

「――そうか……お絹はそう言ってたか……ああ、そのとおりだ。俺が、おまえの正真正銘の、お父っつぁんだよ」

「本当ですか」

「ああ……本当に生き写しだ……俺こそ嬉しいよ。また、お絹に会えたみたいで……よく訪ねてきてくれた、よく訪ねて……」

古味が微笑みかけると、幸乃は涙で潤んだ瞳で愛おしそうに見つめ、

「父上って、呼んでいいですか」

「お父っつぁんでいいよ。はは、嬉しいなあ……そうかい、そうだったのかい」

古味が抱き寄せようとしたとき、幸乃の方から倒れかかってきた。しっかり受け止めた古味だが、なんだか様子がおかしい。幸乃は気を失ったようだ。

すぐに気付いた千晶は、共に体を支えながら、

「先生！　藪坂先生、来て下さい」

と声をかけた。

藪坂の方もずっと話を窺っていたので、すぐに駆け寄って様子を見るなり、

「酷い熱だ。奥の部屋に連れていくぞ」

と自分で抱えていった。千晶も急いで追いかけていく。

俄に騒然となった診療所内で、古味は狼狽したように見ていた。熊公もまるで自分のことのように心配そうに見ていた。

三

常盤橋の真ん前、金座後藤家に隣接する店で、呉服問屋仲間の寄合がある。

地味な色合いの訪問着に『長門屋』の半纏をかけた沙喜を、通り過ぎる男たちは必ず振り返った。凛としたいい女なのである。

後ろからは、吉右衛門が番頭のように付き添っている。空は晴れているが、富士山の方に円錐形の黒い雲がかかっているので、番傘を手にしている。

　完兵衛ら店の者たちは、

「すぐそこだから、傘は要りませんでしょ。降れば迎えに参りますから」

　と言った。

　だが、余計な一手間の間に自分の仕事ができると、沙喜は自分で持って出た。それを吉右衛門が預かっている。

　遥か遠い空を見て雨を予想する一方で、身近な奉公人の言動に細かな気配りができる。商人にとって必要な才覚なのであろう。吉右衛門は感心していた。

「今から、問屋仲間の寄合に行きます」

「もちろん承知してます」

「海千山千の連中ばかりですから、驚かないで下さいね」

「江戸で指折りの呉服問屋の集まりなのに、海千山千はないでしょ。それとも、ことわざどおり、蛇が竜になった連中とか」

「お縄になった盗賊がいるようですが、ほんと一筋縄ではいかない人ばかり。私が若い女だと思って、舐めている人もいます。生き馬の目を抜くという江戸のことですから、仕方ありませんかね」

「なるほど、そうですね」

「でも、いいですか、商売のことですから、決して口出しはしないで下さいね。吉右衛門さん、あなたは私の側にいて、その風格あるお顔と堂々とした立派な態度で座っていてくれさえすればいいのです」

「はい。承知仕りました」

吉右衛門は冗談だろうと微笑みかけたが、沙喜の方は真剣な顔つきだった。

目的の店の前で立ち止まると、沙喜は大きく息をして決然と敷居を跨いだ。

会所役人や下男などが出迎え、

「お待ちしておりました。皆様、すでにお着きになっておられます」

と丁寧に、下にも置かぬ態度で沙喜を上がってすぐの階段に招いた。その後からゆっくりとついていった吉右衛門は、沙喜が階段を登ろうとする寸前、

「私が先に参ります」

と声をかけた。

「えっ……どうしてです」

「女の人の尻を見上げるなどという、はしたない真似はできませせぬのでな。しかし、

奉公人の私のケツを主人に向けるわけにも参りませんので、階段の脇で、上がるまでしばらくお待ち下さいませ」

「………」

「よろしいですね」

吉右衛門がゆっくりと階段を登るのを、沙喜は言われるままに見送っていた。

二階に上がり、寄合の部屋の前に来た吉右衛門を、すでに集まっていた十人ばかりの問屋仲間たちが一斉に見た。吉右衛門はすぐに膝をついて、

「お初にお目にかかります。日本橋本町三丁目の呉服問屋『長門屋』の大番頭、吉右衛門でございます。主人の沙喜様、只今、到着致しました。遅くなりまして、大変申し訳なく存じます。今日は宜しくお願い致します」

と当たり障りのない挨拶をして、廊下に控えていた。

問屋仲間の商人たちは、一様に面食らった顔をしていた。すぐに沙喜が登ってきて、空いている上座のひとつに座った。吉右衛門はその後ろに座った。

そこは上座の真ん中に座っている問屋仲間肝煎り『越後屋』藤右衛門のすぐ前の席であった。沙喜の父親は亡くなるまで、肝煎りであった。その配慮である。

『越後屋』藤右衛門は、江戸中の呉服問屋を束ねる大商人にしては、迫力に欠けてい

た。人の良さそうな笑みを湛えているだけだ。

　それに比べて、他の商人は沙喜が言うとおり、海千山千という顔つきや目つきの旦那たちばかりである。「呉服問屋仲間寄合」の表札がなければ、任俠道の親分衆に間違われそうだった。

　末席の小柄で狡賢そうな顔をしている旦那が、ふいに沙喜に声をかけた。

「さすがは『長門屋』さん。公儀御用達のお歴々を待たせるとは、ご立派ですな」

　沙喜はすぐに振り向いて、

「申し訳ありません……と言いたいところですが、刻限には遅れておりません。あなた方は毎度、半刻も前に来て茶話に興じてますが、羨ましい限りです。うちの店には、さような余裕がございませんので」

「なんだ、その言い草は。私たちに喧嘩を売っているのかね」

　小柄な旦那がいきなり牙を剝いた。

「いい気になりなさんな。今日からは先代、弥右衛門さんのご威光は効きませんよ」

「まあまあ、『京屋』さん、来た早々、揉めるのはよしましょう」

　と諫めたのは、『越後屋』のすぐ近くに座っている恰幅のよい『加納屋』伝兵衛という旦那だった。いずれも四十半ばの年頃の中で、『加納屋』だけは一廻りほど若そうだ。この男が、議長役だった。

「早速ですが、『長門屋』沙喜さんの今後の出処進退について、話し合っていただきたいと思います」

出処進退という言葉に、吉右衛門は違和感を覚えた。

だが、口を出すなと言われていたので、沙喜の後ろに黙って控えていた。その姿が気になるのか、『加納屋』は睨むように見て、

「本題に入る前に、沙喜さん。そこの御方には退室願えますかな」

「えっ。なぜですか」

「なぜって……」

「この人は、うちの大番頭でございます」

「ええ。ご本人から、お聞きしました。ですが……」

「皆様もよく番頭さんを引き連れて参っているではありませんか」

「もちろん、連れてくるのは構いません。ですが、その方のことを私どもは知りません。おたくの番頭は、完兵衛さんでは」

「大番頭として、昨日、雇いました」

「昨日……」

「いけませんか。十年雇っていても無能な者もいれば、一日で優れた才覚を発揮する人もいます。私の目に叶(かな)った人材です。ご覧のとおり、年はいっておりますが、豊かな経験と蓄積してきた商いの技量は、父に増すとも劣らないと思います」

沙喜の話を聞きながら、吉右衛門は昨日、訪ねた直後のことを思い出していた。

茶室に入った吉右衛門は、いきなり店の現状を聞かされたのだ。店の売上高や利益、奉公人の数や報酬額、どのような顧客がいるかなどを話した。儲(もう)けはかなりあるらしく、先代の頃より倍増したという。

初対面の人間に手の内をすべてを見せてから、

——実は、江戸呉服問屋仲間から、外されそうとしている。

ということを打ち明けられた。

理由は、主人が女であるということ。商い札、つまり呉服問屋としての許可証は未だに、先代・弥右衛門のままだということ。利益率が低いこと……などが理由である。

そこで、

——吉右衛門には大番頭になって貰いたい。寄合の話し合い次第で、先代の商い札を受け継ぎ、沙喜の後見人になって欲しい。

と頼まれたのだ。

突然のことで、吉右衛門は驚いたが、沙喜は真剣に頼み込んだ。

なぜ自分なのかと、吉右衛門が訊き返すと、「直感だ」としか言わない。〝腹の主〟が、この人に頼めと言ったのだと、言うばかりだった。

なんにしろ、相当困っているのであろう。察した吉右衛門は、いつもの癖で、ついつい余計なお節介をすることにしたのだ。

その代わり、昨夜は、鰻の蒲焼きや鮪鍋などを戴いた。高山家の極貧食とは天と地ほどの違いのある料理に舌鼓を打ったのだった。

沙喜は毅然と、吉右衛門を大番頭として同席させることを認めさせようとした。

「まあ、一緒にいるくらいなら、よろしいのではないでしょうか……」

肝煎りの『越後屋』の計らいで、なし崩し的に、吉右衛門はいることが許された。

居並ぶ商人たちは仕方がないという顔つきになったが、『加納屋』だけは明らかに不愉快な表情だった。

「では、予てからの議題である『長門屋』の件ですが、早速、決を採りたいと思います。『長門屋』をこのまま問屋仲間に置いていてもよろしいという御方は、白札を。我らの趣旨から外れているので、脱退して貰いたいという御方は赤札を、廻す箱に入れて下さい」

世話役が裁決用の小さな木箱を抱え、入れる木札が見えないように隠しながら、末席の商人の前に行って促した。

「ちょっと待って下さい。まだ何も話していないのに裁決とはおかしいでしょ」

沙喜自らがそう言った。

「たしかに、これまでも何度か話し合いはしてきましたが、私が問屋仲間にいることで、何かご迷惑をかけましたか。皆様にとって不都合なことがあるのですか……そのことの答えを、今日、聞くために参りました」

「寄合の進行は私の役目ですので」

『加納屋』が制するように言ったが、沙喜は食らいついた。

「今日は裁決の前に、皆様の話を聞く。そして、私が意見を述べる。そういうお約束です。肝煎り、そうでしたよね」

「え、ああ……まあ、そうでしたな」

みんなの顔色を気にしながら、『越後屋』は頷いた。

「だったら、最後くらい、きちんと差配して下さいませ。もし、それができないのでしたら、今日、この席でのことはすべて、遠山左衛門尉様にお伝え致します」

沙喜は、北町奉行の名まで出した。江戸市中の幕府公認の株仲間の差配は、町奉行所だからである。塗物店組、薬種店組、釘店組、綿店組、畳表店組、油店組、紙店組、酒店組など多岐に渡っている。

遠山奉行と『長門屋』の先代は、若い頃からの知り合いらしい。時に、遠山の名を出すことが沙喜にはあるらしく、仲間たちには鼻持ちならなかったようだ。

「分かりましたよ、沙喜さん……では、そういうことにしましょう」

『越後屋』は一同にはかって、それぞれの考えを述べることにした。ほとんどの意見は、沙喜が言っていたとおり、

——女であること。

——先代から、商い札を引き継いでいないこと。

——薄利多売であること。

が問屋仲間に相応しくないという主な理由であった。

意見が出揃ったところで、

「これまでも、話してきたことです。どれかひとつでも、解決されましたかな」

と『加納屋』が問いかけると、沙喜は大きく頷いて、

「商い札は、私が女であることを理由に、譲れない決まりがあったからです。だから、この吉右衛門に譲りました。『長門屋』は〝男主人〟になりました。これで、問題は

ないでしょう」

驚いたのは、吉右衛門の方であった。その話は聞いてなかったからである。だが、何も言うなと命じられているので、忠犬のように黙って様子を窺っていた。

腹立たしげに『加納屋』は言い返した。

「いや、そう簡単に言われましてもな。まずは私たちに相談するのが筋……」

「すでに町奉行所には届け出、許可を得ております。筋とおっしゃるならば、町奉行所で許しが出てから、仲間に入れて貰うのが筋でございましょう。私はそれを踏襲しました」

「――では、利益が薄い……という問題は如何なされました」

「利益の多寡は、問屋仲間であるかどうかに関わりありません」

「いや、約定にあるでしょう。余りな薄利で呉服を提供するのは、呉服問屋同士の余計な競い合いを生みます」

「私は、そこを変えとうございます」

沙喜ははっきりと言った。

「だったら、古着屋仲間に入ったらどうですかね」

下座の『京屋』が嫌味な顔で言った。

「薄利多売は結構だが、何処で仕入れたか分からない安物を、いや誰かが着古した奴を、ろくに洗い張りもせずに売ってるという噂だ。店の中は、八百屋か魚屋のようにごった返して、足の踏み場のない。そんな商売をしている者と、私たちを一緒にされたくないんですよ」

「八百屋や魚屋のように……おっしゃるとおり、それが理想でございます」

沙喜はきっぱり言った。

「このご時世、いつまで〝殿様商売〟を続けるおつもりですか。いえ、それは構いません。それぞれの店の色合いでしょうから。ですが、私の店が儲かって、あなた方の店が煽りを食ったからといって、排除するのは如何なものでしょう」

一同は黙って聞いている。不愉快な顔をしている者もいるが、中にはもっともだと頷いている者もいた。いずれも先代『長門屋』の世話になった商人たちかもしれない。

「私の父は、『商いは、高く仕入れて安く売るものだ』と教えてくれました。つまり、良い物を安く売るということです。そのために創意工夫するのが、商人の務めだと」

肝煎りの『越後屋』もぽつりと「たしかに……」と呟いた。

「先程、『京屋』さんは、古着屋云々と言われましたが、うちでは新しく仕立てたものしか、扱っておりません……それに、どこの誰とは言いませんが、暴利が当たり前の店もあります。私は父から受け継いだものを、今の店の形にして、必死に生き残ってきたのです」

沙喜が半ば興奮気味に話しているのを、『加納屋』は忌々しげに見ていたが、

「そのくらいでいいでしょう。では、決を取りましょう」

とキッパリと言った。どうやら、このまま喋らせていたら、〝追い出したい側〟の分が悪くなると踏んだのかもしれない。

また裁決箱が廻りそうになったとき、

「いま少し、宜しいでしょうか」

と吉右衛門が『越後屋』に向かって尋ねた。

慌てて、沙喜は手を膝元で振って止めようとしたが、吉右衛門は構わず、

「先代の弥右衛門様から『長門屋』を引き継いだ吉右衛門でございます。改めて、ご挨拶をさせて戴きとう存じますれば、どうかご高配賜りたくお願い申し上げます」

丁寧に申し出ると、『越後屋』は風格に圧倒されて、

「これは、これは……どうぞ、どうぞ」

と水を向けてしまった。

四

「早速のお心遣い、まことにありがとうございます。私と弥右衛門殿との関わりは、語れば長くなりますので、まずはご挨拶代わりに、商いの見取り図……のようなものを、持参致しました。よろしければ、皆々様、ご回覧下されば幸いです」

いかにも堂々と、吉右衛門は持参していた封書を『越後屋』の側まで行って手渡し、そのまま、さりげなく斜め後ろに座った。丁度、一同の顔を見渡せる位置となる。

「――吉右衛門さん、いつの間に、そんなものを……」

沙喜は言いかけたが、吉右衛門は軽く微笑み返すだけで、話を続けた。

「出る杭は打たれる、と申しますが、まさに今の沙喜さんが、そうですな。側で見ていて、胸が痛む思いです」

「いや、そういうつもりでは……」

『越後屋』が振り返りながら言ったが、吉右衛門は軽く頭を下げて、

「沙喜さんは、女手ひとつで店を切り盛りしてきました。奉公人は四十五人おりますが、誰ひとり、暇を出させておりません。先代のときのまんまです」

「ああ、そうですな」

「お歴々には釈迦に説法ですが、商売というものは、主人が店の顔でございます。ですから、当代が亡くなると客も潮が引くようにいなくなることもあります。そんな中で、店を継続し維持するのは大変至難なこと。ましてや呉服のように、殿様やお大尽が客筋では、客の奪い合いになって、商売も尻すぼみで難しい」

「ですな……」

「そこで、沙喜さんは、殿様やお大尽ではない人々にも、着物を新調することの喜びや楽しさを伝えたくて、薄利でいいから、良い物を安く売ることに徹したのです。沙喜さんがおっしゃるとおり、安物や古着などではありません」

吉右衛門は現状を伝え、回覧している商売の見取り図について触れた。

「共感して下さるかどうかは分かりません。ですが、ひとつの案として如何でしょうか。そこに書いているとおり、展示会を三月か四月に一度ずつやるということです」

「展示会……？」

中堅どころという雰囲気の『松前屋』という商人が訊いた。

「それは、『長門屋』さんのような店にして、着物を飾っておけということですかな」

「いいえ。そうではありません。着物は季節毎のものです。しかも、冬物は夏に、夏物は春には仕立てておかないと、着ることができませんね。そこで、三月か四月、季節毎に、たとえば、この会所などを借りて、みなさんの合同の展示会を開くのです」

「合同の……」

「ええ。みんなで一緒に、次の季節に着るものを並べて、お客様に来て戴くのです。そこで、次の年に流行りそうな柄や色合いなども提案しながら、賑々しく売り込むのです。店によって得手不得手もあるでしょう。ですから、注文を得てから、問屋仲間で話し合って、どの着物をどの店が仕立てるか決める……たとえば、そういうふうにできれば、妙な競い合いにならずに済むのではありませんか」

一気呵成に吉右衛門が喋る姿を、沙喜は深く感心したように見ていた。そして、ぽつりと言った。

「あなた、意外に滑舌が良いのですね」

「なんです、女将さん……感心したのは、そのことですか。ちゃんと内容を聞いて下さっておりましたか？」

と返した吉右衛門の言葉に、他の商人たちがクスリと笑って、その場が少し和んだ。

吉右衛門は続けて、問屋仲間のあるべき姿を少し語って、

「昔の株仲間もそうでしたが、同じ業種の仲間というくらいですから、争い合うので

はなく、仲良くした方が、それぞれのためにもよろしいかと存じます」

と言い終えた。

「なるほど、そういうものでしょうな」

感服したように『越後屋』が言うと、『京屋』は違うと異議を申し立てた。

「競い合ってこそ、商いは成り立つのです。一緒に展示して、仕事を分け合うだと？

そんなバカな話があるものか」

「ただ分け合うのではありませんよ。それぞれの店が最も売りたいものを出し合い、一ヶ所で見比べることができる。そしたら、お客様もあちこち歩き廻らずに済むってものです」

「ぶらぶらして買い物をする楽しみもあると思うがねえ」

「ええ。おっしゃるとおりです」

吉右衛門が微笑み返すと、『京屋』は突っかかるように、

「だったら、そんな展示会など要らない。お客が勝手に店に来ればいい話だ。私はそもそも、古着屋同然の真似をして、大切な着物をごちゃごちゃ並べると考えるだけで、虫酸(むしず)が走りますよ」

「ですから、したくない店はしなくていいのです。私はこの寄合にいる幹部だけの話

をしておりません。江戸の呉服問屋みんなの話をしているのです……問屋仲間が、着物の値を揃える談合（だんごう）になってはいけません」

吉右衛門のこの言葉に、『加納屋』の目つきがギラリと変わった。深く息を整えるような溜息をついて、

「大番頭の吉右衛門さんとやら、まるで私たちが着物の値を決めているように聞こえましたが、断じて談合などしてませんぞ」

と強い口調で言った。

「これは相済みません。言葉足らずでした」

「言葉足らず……」

「はい。談合しているのは、呉服問屋仲間ではなく、この場の方々だけでした」

「な、なんだと。さっきから黙って聞いてりゃ、新参者のくせに、いけしゃあしゃあと言いたいこと言いやがって」

今度は『京屋』が下劣な地金（じがね）丸出しで、食らいついてきた。吉右衛門は相変わらず飄々（ひょうひょう）とした態度だった。それが人を小馬鹿にしたようにも見える。

「お耳障（みみざわ）りで申し訳ありませんでした……私は、沙喜さんが話したように、良い物を安く売りたい、だけなのです。あなたのように、安物なのに談合で決めた高値で売ら

れると、可哀想なのは買った人だからです」

「おい！　言うに事欠いて……お、おまえも喧嘩を売ってるのか！」

本気でムキになって『京屋』は腰を上げた。それでも吉右衛門は微笑み返して、

「だって、これ実は……けっこう前のことですが、お宅で買ったものなんです。ほら、ここに『京屋』の縫い込みがあるでしょ」

と羽織の裾をひっくり返して見せた。

そこには太い錦繍で『日本橋・京屋』とある。

「もちろん、これは絹を平織りにした、それなりの丹後縮緬ですが、この錦繍が入るだけで、値段が跳ね上がります。でも、この錦繍入りのが欲しいために買うお客さんも、沢山おいでです。江戸の『京屋』で買ったのだぞと自慢したい人もおりましょう。ですから、悪いこととは思いません。ですが……」

「ですが、なんだ」

「値に相応しい、本当にいいものならいいのですが、それこそ買い集めた古着に、錦繍だけして売ってはいけませんな」

「な、なんで、そのことを……！」

と思わず言いかけて、『京屋』はハッと口を塞いだ。

「はあ？　なんでしょうか」

吉右衛門が聞き返すと、『京屋』は他の商人から浴びている視線を感じて、急に首を竦めて座り込んだ。

するすると、話題を逸らすかのように、『加納屋』が沙喜に問いかけた。

「大した番頭さんを雇いましたな……ですが、吉右衛門さんが商い札を引き継いだということは、あなたは奉公人ということ。どのみち、この場には出られないということだから、入れ札するのも無用ですな」

「そうなのですか？」

沙喜は『加納屋』ではなく、『越後屋』に訊き返した。

「雇われ主人というのは、よくあることですよ。出来の悪い二代目を案じて、主人が店ごと居抜きで売り払い、形だけ主人にしていることもあるではありませんか」

「ま、そうですな……」

「私は形だけでなく、実質を担います。商い札は譲りましたが、身代つまり財産は私が持っておりますから。それに『越後屋』さん……女だから出入り禁止というならば、『長門屋』の本当の主人は、吉右衛門さんですから、今後は大番頭に出て貰います。それで、よろしいですよね」

毅然と言い寄られて、『越後屋』は押し切られるように頷いた。

「相分かりました……皆の衆、そういう次第ですから、今日のところはこれで……」

「駄目です。きちんと入れ札にしましょう」

意地になったように『加納屋』は主張し、入れ札は実行された。

商人たちの雰囲気が変わったことから、結果は明らかだった。過半数が『長門屋』の慰留を支持したのだった。

店に戻る道々——。

沙喜は、「助けてくれてありがとう」と吉右衛門に礼を言ったものの、正直なところ、ひやひやしていたと告白した。

「申し訳ありません。黙ってろと言われたのですが、つい余計なことを……」

「それになに、合同の展示会。あんなの私、考えてませんよ」

「方便です。でも、沙喜さんの店を見てて、そういうのもあり得ると思いました」

「でも、どうして、あんなものを用意していたの？」

「はて……〝腹の主〟のせいですかな」

「あら……ほんと、おかしな人、うふふ……あはは……変なの、あははは」

沙喜はなぜか大笑いしながら歩いた。

だが、吉右衛門は商い札のことの方が気になっていた。実際には、名義変更をしていないので、嘘をついたことになる。これがバレたら、また一悶着ありそうだからだ。店の前に来て、沙喜が急に立ち止まった。笑っていたはずなのに、俄に表情が渋柿でも嚙んだようになっている。

「如何しました？」

吉右衛門が訊く前に、店の前にぶらぶらしながら立っていた十七、八歳の若い男が、沙喜の姿を見つけて、近づいてくる。

「沙喜姉ちゃん。待ってたんだぜ」

軽率な遊び人風だが、まだ格好だけで腰が浮わついている。

「あの若造と何か揉め事でも」

事情があると察して、吉右衛門が訊くと、

「弟の新吉（しんきち）です……腹違いですけれどね……それこそ出入り禁止にしてるんですが」

と言っている間に側まで来て、新吉はニヤニヤしながら、

「店の者たちゃ冷てえなあ。挨拶もろくにしやがらねえ。大旦那の〝御落胤（ごらくいん）〟様だってのによう……あ、この人が新しく奉公人になった、吉右衛門って爺（じい）さん」

「はい。吉右衛門です。以降、お見知りおきを」

「ま、頑張んな。その年で働くってなあ、大した心がけだ。俺はまだ十七だから、遊んでばかり。てへへ」

「今日は何もありませんよ」

「そんなこと言うなよ。一両でいいからさ」

「いいえ。上げません」

「そうかい、そうかい。だったら、盗みでも拐かしでもするしかねえな」

「勝手にしなさい」

「分かったよ、ばかやろ。店の名に傷つけてやっから、後で吠えづらかくなよ」

すぐにキレて唾棄するように言うと、新吉は腹立たしげに走り去った。離れてからも、「バーカ」と顔を顰めた。やっていることは、まるで小さなガキである。

「そうですか、弟さんですか……困ったものですな……」

「いいえ。可哀想な子なんです」

沙喜はポツリと言って、店に駆け戻った。手代や小僧たちの「お帰りなさい」の潑剌とした声が聞こえる。

吉右衛門はそんな様子を眺めていると、ふいに寂寞とした風に吹かれた気がした。

その目が――店から少し離れた路地に吸い寄せられた。

誰かは知らないが、人相風体の悪い男ふたりが『長門屋』の様子を窺っている。男たちの方に、新吉が向かっている。そして、一緒に立ち去った。

吉右衛門は不安が過って、さりげなく尾けはじめた。

五

深川診療所に、ぶらり訪ねてきた高山和馬は、いつも参拝する本堂にも寄らずに、

「藪坂先生。うちの吉右衛門は来ておりませんかね」

と、いきなり尋ねた。

丁度、大変な患者を診ていた藪坂は、知らないと手を振るだけであった。その代わり、老婆の治療を終えて出てきた千晶が、跳ねるように近づいて、

「ご隠居さんが、どうかしたのですか」

とニッコリと微笑みかけた。

和馬に気があるのだが、和馬の方は知ってか知らずか、いつも飄然した顔である。

「世話になってるのかと思ってな。来ておらぬのならいいのだ」

「何処かに出かけたまま、お屋敷に帰ってこないのですか」

「え、ああ、まあそうだが……」

「いつからです」

「実は……昨日の朝からだ」

「えっ。じゃ番屋に届けておかなきゃ。どっかで倒れてるかもしれないし。この前も、自分が誰か分からないお婆さんが、下のものを垂れ流しながら、ふらふらとその辺を歩いててね。親切な人がここまで連れてきてくれたんですよ」

「…………」

「自身番の人や町火消たちがあちこち探し廻って、家は分かったのですが、何処だと思います。浅草ですよ、浅草。そんな所から来たんですからね。ご隠居さんも、とんでもない所まで行ってるかも」

「まあそうだが、考えすぎだろう」

「でも……私は少しでも和馬様と、なんというか一緒にその……」

もじもじする千晶を、和馬はじっと見つめていた。千晶の方は恥ずかしげに目を逸らし、俯いてしまった。

「構わぬぞ、行っていいぞ」

「——言っていい……そんな、女の口からは言えませんわ」

「男からだって言いづらい。だから、ほら」

「いえ……」

「早くしないと惚(ぼ)けた婆さんと同じことになるぞ」

「え……？」

「さっさと行け。厠(かわや)はたしか向こうだろう」

和馬の頬を、千晶は思わず叩いた。

「な、何をするんだ」

「もういいです。後で、ある女の子を連れて訪ねますから、宜しくお願い致します」

千晶はプンと頬を膨らませて、厠ではない方にスタコラ立ち去った。

「何を怒っておるのだ。訳の分からぬ女だな……」

頬を撫でながら、和馬は周りの患者たちに向かって同意を求めた。やりとりを近くで見ていた見習い医師の佐藤巧(さとうたくみ)が、苦笑混じりに、

「高山の旦那は何か欠落(けつらく)してますよ。男前だし、正義感も強いし、貧しい人や弱い人々にも優しい……なのに、なんで千晶のことが分からないのです」

と言った。

「俺の何が欠落してるって言うのだ」

「いえ、何でもありません」

「まったく、どいつもこいつも」

吉右衛門がいなくなって、少しばかり苛ついているのは、無下に追い出したことを悔やんでいるからに他ならない。

今日も散々、歩き廻って手掛かりひとつないとは、本当に遠くに行ったのかもしれぬ。吉右衛門はこの界隈では知られている。姿くらい見た者がいるはずなのに、誰もいないとは不思議だった。

――もしかして、やはり貧乏神だったから、姿が消えてしまったか……。

と脳裏に浮かんだが、和馬はすぐに打ち消した。

この日も、あちこち探し廻って帰宅すると、屋敷内の縁側で、千晶と一緒に幸乃が足をぶらぶらさせていた。

「何をしておるのだ」

和馬が訊くと、まだ怒ったままの千晶は、

「この子は、幸乃さんといいます。北町同心の古味様の隠し子です……隠し子じゃありません。訳ありの娘さんです。しばらく、ここで預かって下さい。頼りになるのは、和馬様くらいしかいないので。どうぞ、宜しく」

とだけ言って、「じゃ、またね」と立ち去った。

「なんだ、あいつは……本当によく分からない女だな」

首を傾げる和馬に、幸乃はプッと笑った。

「何が可笑しいんだ？」

「千晶さんね、和馬様のこと、好きなんですよ」

「まさか」

「本当です。そう話してくれましたもん。だから、ここにいるのが一番、安全で安心だって。とても信頼されているのですね」

「で……おまえは誰なんだい」

和馬の問いかけに、これまでの経緯をすべて話して、

「診療所で倒れたのですが、藪坂先生の話では、長年の苦労が祟ったんだろうって。でも気付け薬で治して下さり、養生の漢方薬もたっぷり戴いて、ここに来たんです」

「色々と大変な苦労があったようだが、父親の古味殿の所へ行けばいいのに」

「それが……父上には、妻子がいるらしく、一緒には住めないと……」

「そうだっけ？　あいつ、女房子供がいたんだ。なのに、あんな風にいつも柄が悪い態度で、見廻ってるのか」

幸乃に同情しながらも、和馬はつい本音が出た。これまでも、ろくな目に遭わされていないからである。

「ま、でも、娘さんとは関わりないな。悪口を言って済まぬ」

素直に謝った。その上で、和馬は言い訳を始めた。使用人がいないから、幸乃にろくな食事の支度ができないとか、病気がちなら診療所にいた方がいいなどと話した。

すると、幸乃は屈託のない笑みで、

「御奉公に上がったんです。私、国に帰っても誰もいませんし」

「うちに、奉公……」

「いけませんか。藪坂先生も千晶さんも、他のみんなも、ここには福の神が住んでいるから、必ず幸せになれるって……これまでも、何人も、このお屋敷に上がってから、幸せになることができたって」

「いや、上がるってほどの屋敷じゃないが……」

「そんなことありません。私には立派過ぎます。常陸鹿島にいた頃には、漁師小屋みたいな所で暮らしてましたから」

幸乃はさらに楽しそうな顔になって、

「わくわくしてます。お旗本のお屋敷で働けるなんて……私、これでも炊事、洗濯、お掃除から縫い物、庭の手入れから溝浚い、何だってできます。はい。何でもして生きてきましたから」

　と自分のことを売り込んだ。

　必死に生きてきたのだろうなと、和馬は胸にひしひしと感じていた。幸乃のまだあどけない顔を見つめていると、後ろ髪に小さな蜘蛛がいるのが目に止まった。

　和馬はそっと手を伸ばした。丁度、幸乃の顔を抱え込んで、接吻するような仕草に見えた。その途端、

「それ、だめ。なんてことするんですか」

　と表門の方から、千晶がすっ飛んで戻ってきた。

「なんだ。おまえ、まだいたのか」

「この不義密通男。いつも人の良さそうな顔をしてからに、こんな腐り切った女たらしとは思ってもみなかった。しかも、まだ年端のいかない娘を、なんてことなの」

　千晶は一方的に喋って、また平手打ちをしようとした。が、和馬はその腕を止めて、幸乃の後ろ髪の蜘蛛を摑んで、

「これが、いたんだよ」

　と千晶に見せた。

八本の足を動かしている蜘蛛を見た途端、

「ぎゃああ！」

激しい叫び声を上げて、千晶はそのまま失神した。とっさに受け止めた和馬の腕の中で、白目を剝いていた。

「可愛いのにねえ……しかも益虫なのに」

幸乃は蜘蛛を掌の上で泳がすようにしながら、近くの木陰に置いてやった。

素朴そうな娘だと和馬は思いながら、千晶を軽々と抱えて、

「蒲団を敷いてやってくれ」

と声をかけて座敷に上がると、素直に返事をする幸乃の声がした。

「どうせなら、あんな老いぼれより、若い娘の方がいいか」

和馬は口の中で呟いて、相好を崩した。

六

北町奉行所内の牢部屋に、〝般若の鎌三〟は捕らえられていた。

すでに、遠山によってお白洲に掛けられ、罪状はすべて認めている。小伝馬町牢

屋敷に送られることなく、小塚原の刑場に直行することになっていた。

獄門の前に、市中引き廻しをするかどうか、評定所で検討されている。名のある盗賊や極悪非道の限りを尽くした者は、晒し刑ということで人々の前に引きずり出される。馬に乗せられ、決められた道順で、町人たちから罵声を浴びせられるのだ。

もっとも、引き廻しを見たくないという町人もいる。特に子供らには悪い影響を与えるということで、近年は敬遠されることが多かった。

牢内には、気の弱そうな細身の男が膝を抱えて座っていた。しんしんと冷えてきたせいか、ブルブルと震えている。

格子の外には、古味が冷ややかな目つきで立っていた。

「みっともない姿だな。とても、〝般若の鎌三〟とは思えねえ」

上目遣いで見上げる牢内の男は、

「うるせえ」

と呟き込むように言った。まったく張りのない小さな声だ。大盗賊の頭領には見えない。町中にいれば、まったく人目につかない凡庸な男であろう。

腕利きの盗っ人とは、そういうものだ。目立つ姿や所作は命取りになる。鎌三は自分で意識して、気配を消すように暮らしていたのかもしれない。

「驚いたぜ、鎌三……ごっそり肉が取れちまって別人かと思ったぜ」

古味は嫌味たっぷりな言い草で、鎌三に向かって冷笑を浴びせた。捕り物の際には、さほど活躍はしなかったが、身動きできない相手に対しては偉ぶるのは、いかにも古味らしい。

「旦那も相変わらず、出世とは縁がなさそうだな」

「同心なんざ、どうせ一生、扱き使われて終いだ。おまえのように外面は凡人で、何万両も貯め込んでる奴とは土台が違わあ」

「盗んだ金のほとんどは、世のため人のために使ったつもりだ」

「今更、言い訳なんざ聞きたくねえよ」

吐き捨てるように、古味は強い口調になった。

「命乞いをしたって無駄だぜ。明日にでもおまえは、市中引き廻しの上、獄門だ。どうせなら、お縄になんぞなる前に、石川五右衛門みてえに、楼閣のてっぺんから世の中を眺め廻して、絶景かなアと叫べばよかったんだ」

「…………」

「五右衛門も最期は釜茹でか。悪いことはできねえってことだな……俺は二度三度、足を洗うよう仕向けたことがあるのにな」

古味は恩着せがましく言ったが、鎌三は何とも返事をしなかった。

「此度も俺が捕り物に精を出さなかったのは……分かるだろうが。けど、やっぱり無駄なようだったな」

「いいのかい。そんな話、こんな所で」

「おや、てめえにもまだ人に気遣いする心が残ってるのか」

古味はしゃがみ込んで、震えている鎌三を見つめた。わずかに情け深い目になった。

微妙な変化を、鎌三も感じたのか見返した。

「ここで捕まったのも、何かの縁かもしれねえな」

「——縁……」

「娘がな、訪ねてきたんだ。遙々、常陸鹿島から、ひとりで」

「へえ、そんな娘がいたのか」

「いねえよ。俺は未だに独り者だ。女には不自由してないがな」

「なら、何の話をしてるんだ」

鎌三が少し苛ついて目を晒すと、古味はじらすように訊いた。

「お絹って女……覚えてるよな。深川芸者をしてた夢路って言った方が分かるか」

「えっ……」

明らかに鎌三は動揺した。だが、それが、どうしたという目で、古味を振り向いた。

「その娘ってな、お絹の子だ」

「!……」

「分かるよな。おまえに惚れて、一度は、足を洗わせようとした女だ」

鎌三はフンと鼻で笑って、

「なるほど。その女に、おまえが孕ませたってわけかい。遠い昔のこった。今更、そんな話を聞かされたところで、嫉妬のしの字も出てこねえから、安心しな」

と毒づいた。

「その娘は幸乃って名で、十五になる。母親のお絹は、娘を産み落としてすぐに死んだとさ……若い身空で可哀想にな」

「——死んだ……」

少なからず衝撃が走ったようで、鎌三の胸は大きくうねり始めた。

「お絹は、死ぬ前にきっと、おまえのことを思い出したんだろうぜ……ああ、腹の子の父親のことをな」

「…………」

「腹に、おまえの子を宿してると分かったとき、お絹は俺に相談に来たんだ……『この子を産みたい。ひとりででも育てたい。でも、もし、この子が大きくなったとき、父親が誰かと訊かれたときには……古味の旦那、あなたの子だと言っていいですか』……ってな」

「う、嘘だ……そんな話は聞いてねえ」

「俺もその場限りの話だと思って、お絹を葛西宿まで見送ってやったよ」

古味は静かに、昔話をするように言った。

「それからはまったくの音沙汰なしだ。けど、おまえがお縄になった翌日、突然、俺の前に現れた……お父っつぁん、てな」

「…………」

「だから、これも何かの因縁かと思ってよ」

十五年前、鎌三はある大店から千両箱をひとつ盗んで深川界隈まで逃げていた。だが、本所方たちと挟み撃ちに合い、千両箱はその場に置き捨てて逃げた。

迷い込んだのが、お絹のいる芸者の置屋だった。当然、町方役人たちは、罪人が隠れ家にしやすい深川七場所と呼ばれる岡場所も念入りに調べた。その探索方のひとりとして、古味も走り廻っていた。

「あちこちの遊女屋の見世を探しても見つからねえ。すると、川向こうの料亭で、三味線や太鼓でドンチャン騒ぎをしている商家の若旦那の集まりがある。そういう所に紛れ込むこともある。俺はそう察して、乗り込んでみると……夢路がいたんだよ」

「…………」

「俺は一目惚れしたねえ。こんな別嬪がこの世にいるのかってな……だが、まさか、その座敷の奥に、おまえが隠れてるとは思ってもみなかった。そこにいる旦那衆は、江戸で屈指の呉服問屋の旦那衆ばかりだ。座敷を白けさせたことで、俺は逆に謝ったくらいだ」

古味は遠い目になって語り続けた。

「実は、夢路は『長門屋』という呉服問屋の主人のお気に入りでな。身請けも近いとされてた。仕事はできるが、かなりの艶福家だってえ噂だった」

「ああ、相当な助平やろうだった」

「だが俺は、そんなことは知らず、夢路に惚れて惚れぬいて、なけなしの金を叩いて、無理して座敷に呼んだり、通ったりした……お陰でスッカラカンで借金までするようになっちまった。バカだろう」

「いや。あの女は、その値打ちがある。おれも、そう思った」

「こっ恥ずかしい話だが、座敷じゃねえ所でも会ったことがある。てっきり、俺のことを少しくらい惚れてると思ってた。だが、大きな勘違いだった。ある時……」

「………」

「ある時、おまえのことを聞かされた……鎌三って盗っ人が、逃げ損ねて、夢路のとこに迷い込んできた。だが、見るからに優しそうな男で、逆に悪い奴に追われていると思ったほどだったとか……夢路が俺に近づいたのは、〝般若の鎌三〟の探索のことを、知りたかったからなんだ」

「そうなのか……」

「女ってなあ、恐ろしいな」

故郷から訪ねてきた兄ということで、夢路の置屋にしばらく匿った。そこで下男の真似事もさせた。一方で、『長門屋』からの身請け話が進んでくる。

「そこで、夢路の方から、おまえと一緒に逃げたいと言い出した。だが、それでは、みすみす夢路の人生を踏みにじるようなものだ……だから、鎌三。おまえは、ひとりで姿を消した」

「………」

「だが、夢路の腹の中にはすでに、おまえの子が宿っていたんだよ」

古味が話し終えると、鎌三はすっかり落ち込んだように両肩を落とした。噎び泣き

になったが、気を取り直すように、

「俺はてっきり、『長門屋』の後添えになってると思ってたぜ……一度、店を覗いたことがあるが、そこにはいそうにないので、さりげなく手代に訊くと、妾がいて子供もいるって聞いたから、安心してたんだ」

「そうかい。今の『長門屋』は、娘が継いで、ちょっとした評判の店になってる……それは、正妻の子だがな。旦那も正妻も、もう亡くなってる」

しみじみと語った古味を、鎌三も静かに見上げていた。しばらく沈黙が流れて、鎌三の方がおもむろに言った。

「どうして、娘の話なんぞを俺に……知らないまま刑場送りにして欲しかった……おまえは残酷な奴だな」

「散々、阿漕なことをしてきたんだ。最期くらい苦しめってんだ」

「…………」

「夢路……お絹も娘の幸乃も、人に言えない苦労をしてきたんだからよ」

古味は感情を抑えて背を向け、

「市中引き廻しの刑になりゃ、一目くらい会えるかもしれねえな」

と呟くように言って立ち去るのだった。

廊下を曲がった所に、人影があった。薄暗い中に幽霊が立っているように見えた。

「⁉——な、なんだ……おまえさんかい」

胸を撫でた古味の目の前にいるのは、高山和馬だった。

「どうして、旗本の若様がかような所に」

「町奉行所に用があってな。余所の子を預かったのでな、今後のことをどうしたらよいか、尋ねに来た……大丈夫。おぬしの子であることは、黙ってる」

「ち、違うよ」

慌てて古味は、和馬の袖を引いて、詮議所控え室の方へ移りながら、

「もしかして立ち聞きしてたのかい」

「聞こえた。本当は、鎌三の子のようだな。いずれにせよ、おぬしが面倒見ぬのなら、まだ十五の娘だ。養女なり何なり、きちんと対処せねばならぬ」

「高山家の奉公人じゃいけないのか」

「困ったときだけ、人に押しつけるな。それに、なんだその偉そうな態度は。元を辿れば、おまえのせいだろうが」

「俺のせいじゃねえだろ……てか、なんちゅうか……」

誤魔化すように顔を背ける古味に、和馬はニッコリ微笑みかけて、

「ま、なんとかなるわな。それより、古味さん。うちの吉右衛門、見かけなかったか」

「え……？」

「もし見かけたら、教えてくれ」

和馬はポンと肩を叩くと、牢部屋の方へ歩き出した。

「おい。何をする気だ」

「娘の無事を伝えてやるんだよ。それに、こっちは旗本だ。少しは尊重せよ」

和馬はいつになく強い口調で言って、廊下を曲がるのだった。

七

昼の賑わいが過ぎた一膳飯屋で、新吉は刺身の漬け丼をガッついていた。

その前と横には、ならず者風の若い衆がふたり、ニヤニヤしながら見ている。いずれも喧嘩っ早そうな男で、何か企んでいるような目つきである。

「――そうかい。あの頑固な姉ちゃん、金をくれなかったかい」

「うん……あ、霧三さん。結構、しぶといから、まっとうに立ち向かっても無理だと思いますよ、姉ちゃんは」

　霧三と呼ばれた男は、斜め前の仲間をチラリと見て、

「どうする、五郎左(ごろうざ)。こうなりゃ、例の手でいくとするか」

「そうだなあ……」

　少し太めの男は、仕方ないと頷いて立ち上がると、

「じゃ、そっちは任せたぜ」

　と店の奥に行き、主人から矢立(やたて)と紙を貰って、何やら書いた。紙を少し乾かし、大切そうに折り畳みながら店から出ていった。

　一膳飯屋は、『長門屋』からさほど離れておらず、一筋向こう辺りの軒看板(のきかんばん)が分かる。店からでも、格子窓越しに、五郎左が店に近づいて、表で掃き掃除している小僧に紙を手渡すのが見えた。

　その様子を確認してから、霧三は、食べ終わった新吉の肩を叩いて、

「次は何を食いてえ」

　と言いながら席を立たせ、さりげなく表に連れ出した。そのまま店の脇の路地に入り、近くの掘割沿いの道へと入った。

　その先に粗末な船番小屋があって、霧三は新吉をそこに連れ込んだ。

中は、人が三、四人入れば窮屈になるくらいのものだ。反対側の大きな窓の外からは、荷船が往来するのが眺められる。小舟が舷（ふなべり）を擦りあうように擦れ違っている。もし、ぶつかるような事故があった場合には、奉行所や船番所などに報せる役目が、この船番小屋だった。

表でガタッと音がしたが、霧三は振り向きもせずに声をかけた。

「どうだった。うまくいきそうかい」

「…………」

「ま、慌てることはない。夜になりゃ、この辺りは真っ暗だ。戴くもんを戴けりゃ、川船でトンズラだ」

だが、返事はない。霧三は立ち上がると、入り口に向かおうとした。

すると、いきなり扉が開いて——顔を出したのは、吉右衛門であった。いつもの愛想の良い笑顔で、敷居を跨ぎ、

「戴くもんを戴いて、トンズラってなんのことでございます」

と訊いた。

「なんだ、爺イ。ここは船番小屋だ。勝手に入ってくるんじゃねえ」

「はい、知ってます。さあ、新吉坊、お姉ちゃんの所へ行こう」

手を伸ばそうとした吉右衛門の腕を霧三は摑もうとした。その霧三の腕を、吉右衛門は逆手に摑んで、体ごと窓際に押しやった。

「おっとっと……川に落ちちゃいそうですな」

「いてて。何しやがる、放せ」

「つまらないことをしてると、船番人の仕事すらなくなりますよ」

「な、なんだと……くそ爺イ……新吉、なんとかしろ、おら」

吉右衛門は霧三の体を押さえつけながら、紙を見せた。

——新吉を預かった。殺されたくなければ、百両持ってこい。今宵五つ、日本橋川船番所下の船着場の船に置いておけ。

と下手な文字で記されている。

「このことは、お上に黙っておきます。ですから、今後はこんなバカげたことはしないようにね。よろしいですな。でないと、拐かしは、やろうとしただけでも打首ですよ」

「な、なんだ。おまえ……」

「私は『長門屋』の大番頭の吉右衛門という者です。ですよね、新吉坊」

先刻、見たばかりの顔を、新吉ははっきりと覚えていて、「うん」と答えた。

「では、失敬……」

吉右衛門は霧三を突き放すと、紙を破り捨て、新吉の手を引いて表に出た。

一瞬、訳が分からぬ顔になった霧三だが、俄に腹が立って、「おら！」と叫びながら表に飛び出た。途端、足下がつっかえて、前のめりに吹っ飛んだ。

そこには、縄でぐるぐる巻きにされた五郎左が横倒しにされていた。猿轡もされて、ううっと唸っている。

「なんだ――?!」

転がったまま、五郎左の姿を見た霧三は一体、何が起こったのか分からない。立ち上がることもできず、離れていく吉右衛門と新吉の姿を阿呆面で見送っていた。

『長門屋』に戻ってきた新吉を、出迎えた沙喜はひしと抱きしめた。

「わあ、心配してたんだよ……でも、こんなにすぐに帰ってきてくれるなんて……ああ、よかった、よかったあ……」

泣き崩れるように強く両手で包み込む沙喜の姿は、まるで母親のようにも見えた。

「い、痛えよ……」

新吉が拒んで放そうとしても、沙喜は力を緩めなかった。しばらくして、ふと沙喜は吉右衛門の方を振り向いて、

「でも、どうして吉右衛門さんが……」

「まあ、いいじゃないですか。二度とこんなことがないように、近くに置いてた方がいいと思いますよ。この年頃の子は悪い誘惑に引き込まれ易いし、逆に利用する残酷な大人もいる」

「あ、はい。そうですね」

「それと……誰とは言いませぬが、新吉を拐かそうとした奴は、『加納屋』さんの息がかかっている者たちでした」

「ええ？　なんで、そんなことを……」

分かったのかと、沙喜は不思議そうな顔になった。

「二人組のひとりをね、ええ、脅し文を届けに来た奴を少々痛めつけて、本当の狙いは何かを確かめたのです」

「痛めつけた……」

「大丈夫です、大した怪我はしてませんから。すると、正直に吐きました。『加納屋』さんが欲しかったのは、新吉が悪い奴と付き合っている——ってことです」

「悪い奴と……」

「そういう弟がいては、問屋仲間に相応しくないと理由がつけられる。どうやら、前々から狙ってたそうですぞ」

沙喜は素直に頷いて、新吉の顔をまじまじと見つめた。

「ごめんね。私、姉ちゃんらしくないことばかりしてたね……色んな女に手を出してばかりのお父っつぁんが嫌いで……おまえに当たってた。恨まないでね」

「――別に恨んでねえよ、放せよ」

手を振り払おうとする新吉から、沙喜はようやく離れた。

「新吉、二度とさっきのような連中とつるんじゃ駄目だぞ。いいな。でないと、おまえは、おっ母さんに捨てられたらしいが、姉ちゃんにも捨てられてしまうぞ」

吉右衛門が言うと、沙喜の方が驚いた。

「どうして、そのことを……」

「道々、新吉から聞いたのです。知らない男と出ていったとか。酷いおっ母さんもいたもんですな。だから、この『長門屋』で預かってたんだが、近頃はあちこち友だちの所に泊まり歩いてたとか」

「――ご隠居さんには、なんでも話すんですね。どうして……」

「新吉の〝腹の主〟の気紛れでしょう」

「まあ……」

沙喜が微笑むと、吉右衛門は自分がしていた数珠（じゅず）を外して、新吉の腕につけた。

「これはな、沙羅双樹の実で出来ている数珠なんだ。ほら……赤みを帯びてて艶々（つやつや）してて……とても綺麗だろう」

「………」

「沙羅の木の実ってのは、銀杏（ぎんなん）みたいに凄く固くて、割ったとしても、中にまた殻があって、その中に赤い実があるんだ。そして、黄色い種がある」

「………」

「沙羅の実は、木の良い香りとは違って、ちょっと変な臭いがして、食べることはできないらしい。殻が固くて、実がまずいとなれば、鳥は突つかない。いくら突ついても割れないのは、種を守るためなんだ」

「種を守る……」

「ああ。自分が生まれてきたのには、色々な意味があるが、大きな意味は、受け継いだ種を守って、次に繋げることじゃ」

「繋げる……」

「殻が二重になってるのは、そうさな、丁度、おまえさんと沙喜さんふたりが、この店を守るようなものかのう……沙喜さんの名が、沙羅双樹から付けられたとは知ってるかね」

「ううん」

「沙羅双樹のように大きな木になって、いい香りをさせて人々を集めることだ。見てのとおり、『長門屋』は大繁盛だ……おまえも一緒に守るべき実と種は、ここにあるぞ」

吉右衛門が話すことを、新吉がすべて理解しているとは思えない。だが、何となく分かったような気がして、腕の数珠を見た。

「この数珠は、お釈迦様が生まれた国では、偉い坊さんが付けてるらしい。お釈迦様と交わした固い契(ちぎ)りを守る証(あかし)だ。おまえも、これから、しっかり姉ちゃんを助けろ。それがまた、おまえの生まれた意味じゃ」

「――え、俺……」

「なんだね」

「ありがとうございます」

新吉は素直に言ったが、吉右衛門は首を横に振って、

「それを言うなら、姉ちゃんにだ。ごめんなさいも一緒にな」

と諭(さと)した。新吉は素直に従って、照れ臭そうにではあるが、沙喜に謝るのだった。

無事に戻ってきて、奉公人たちも喜んでいた。

　そこに、ぶらりと入ってきたのは、和馬だった。

「あっ！」

　ほとんど同時に、吉右衛門も声を発した。

「吉右衛門……なんで、おまえが『長門屋』におるのだ」

「和馬様こそ、何故、ここに」

　ふたりが驚いているのを、さらに沙喜が不思議そうに見ていた。

八

「そうでございましたか……お旗本の……これは散々、失礼なことを致しました」

　奥座敷に通された和馬に、沙喜は恐縮したように頭を下げた。

「旗本といっても、わずか二百石の小普請組（こぶしんぐみ）です。ささ、手を上げて下さい」

　和馬の方もなぜか緊張したように、声が上擦（うわず）っていた。沙喜があまりにも美しいので、いつもの自分を失っているようだ。吉右衛門は気付いて、笑いを嚙み殺していた。

「な、何がおかしいのだ、吉右衛門」

「あ、いえ……和馬様のご尊顔を拝することができて、嬉しいのです」

「嘘をつくな」

「私は嘘と尻餅はついたことがありません。それより、御用はなんですか。お話ならば、私が承ります。なんといっても、『長門屋』の商い札を引き継ぎ、大番頭をしておりますので」

「なんだ。いつの間に……」

「和馬様がボサーッとしている間にです」

「おまえな、言っていいことと悪いことがあるぞ」

「私の主は、この沙喜さんでございます。暇を出されたのですから、とやかく言われる筋合はございません」

吉右衛門が淡々と言うと、沙喜が首を傾げて、

「あの……暇を出されたというと……」

「はい。高山和馬様は、私のかつての主人でありました」

冷静に答える吉右衛門に対して、和馬は子供のようにムキになった。

「かつてって、一日、二日前のことではないか」

目を丸くしていた沙喜だが、納得したように、「どうりで……」と呟いた。

「どうりで……どういう意味ですか」

　和馬の方が訊き返すと、

「私が、吉右衛門さんを信頼できると思ったのは、履き物を見たからです」

「履き物……」

「うちも呉服屋ですから、帯はもとより、草履や扇子には拘ります。あまりにも良い履き物でしたので、お茶室に誘いました」

　沓脱石に履き物を揃える沙喜の姿を、吉右衛門はチラリと思い出した。

「なるほど、〝腹の主〟だけのせいではないのですな……で、和馬様。ご用件は何でございましょうか」

　和馬は一呼吸おいて気を取り戻し、沙喜に向き直った。

「実は、お願いがあって参った。吉右衛門が出た後、幸乃という十五の娘が、私の屋敷に預けられることになりました……」

　それまでの経緯を、和馬は詳細に話した。古味の娘かと思われたが、実は捕縛されたばかりの〝般若の鎌三〟という盗賊の娘であることなども、和馬は洗いざらい伝えた。

「もしかして、深川芸者の夢路姐さんのことでしょうか」

沙喜の目が鈍い光を帯びた。

「ご存じでしたか」

「知ってるも何も、色々と世話になりました。これは皮肉でも何でもありませんよ。私の父がご執心だったんです」

「え、ええ……!?」

今度は吉右衛門が素っ頓狂な声を上げた。和馬が話そうとする前に、沙喜が遠い昔を手繰り寄せるように話した。

「いい姐さんでしたよ。まだ十歳そこそこだった私も、父に連れられて座敷によく行きました。とても可愛がってくれました」

「…………」

「でも、その頃、母はもう父の女癖の悪さにうんざりしていて、私を連れて、実家に帰る準備までしていました……丁度、この新吉が、ふたつになったくらいで、引き取ったところだし、母の心は深く傷ついてました。側で見ている私も辛かった」

「そうでしたか……」

吉右衛門が頷くと、和馬は同情の目で、沙喜を見つめている。

「けれど、〝三行半〟を突きつけられるのは、男の方だけですからね。事と次第では、町奉行所に訴えてでも、母は別れるつもりでした。でも……夢路さんの方が、別の誰かと一緒に、江戸から姿を消したと続けた。

「はい……でも、誰かと一緒ではなかったんです。ただ、お腹にはもう……」

鎌三の子がいて、夢路はひとりで産んだ直後に亡くなったと、和馬は伝えてから、

「幸乃はなかなかいい子です。私の所にいるより、商家の方がよいのではないか。商家なら、少しでも縁のあった『長門屋』さんが良いのではないかと思ったのです」

と言った。

途端、吉右衛門は呆れ果てた顔になって、

「おかしいでしょ、和馬様。さような娘さんをここに連れてきたら、沙喜さんに迷惑がかかる。父親の子ならば分かりますが、ただ惚れていた芸者の子で、しかも盗賊の子を……大丈夫ですか」

思わず額に手をあてがった。和馬はそれを払って、

「俺はな、吉右衛門。おまえなら、こうするだろうなと考えに考えて、『長門屋』がよかろうと判断したのだ」

「私は、そんなことはしませんよ」

「なら、どうする。うちで奉公させてもよいが、おまえが呆れ返るほどの貧乏所帯だ。

いずれ嫁に出すとなれば、それなりの金がいる。もし、先代の弥右衛門が生きていたなら、『身請けしようとした女の子なら、預かろう』と言うに違いないと思ったのだ」

「勝手に思わないで下さい。沙喜さんの気持ちはどうなるのです」

「これだけの大店の女主人だ。少なからず縁のある娘が困ってるのを、見捨てることはしないだろう。俺はそう思ったのだ」

「ですから、思い込みで……」

吉右衛門が言い返そうとするのを、沙喜はピシャリと止めた。

「承知しました。ひとり増えても困ることはありません。連れてきて下さい」

「ええっ」

和馬と吉右衛門は同時に、沙喜を見た。そのふたりの顔を可笑(おか)しそうに指さして、

「似た者親子ってのはあるけれど、似た者主従ってのもあるんですね。あはは、きゃははは。これは愉快だわ、あははは」

と沙喜らしい屈託のない笑い声を上げた。

翌日——幸乃を連れてきた和馬は、改めて沙喜に宜しく頼むと挨拶をした。

パッと見た瞬間に、沙喜は嬉しそうに幸乃の手を握った。

「色白で瓜実顔、この富士額。綺麗な目、鼻、唇……夢路姐さんとそっくりだわ」

誉められてばかりの幸乃も喜んで、思わず明るい笑みが零れた。

「ありがとうございます。私はまったく母の顔は覚えていないので、このように知っている方々に話されると、鏡で自分の顔を見るたびに、母と会ってる気がしてきます」

「はは、そりゃいい」

和馬は幸乃の背中を軽く叩いて、

「ほら、言っただろ。うちなんかにいるより、ずっといい暮らしができるって。店にはいい人が沢山いそうだし、せいぜい頑張って、番頭や手代らに可愛がって貰うのだぞ」

と励ました。

江戸は怖い所だと思っていたが、思いがけず親切な人たちばかりに出会ったと、幸乃はまた唇を曲げて泣きだした。

その顔の前に、手拭いがサッと出された。新吉が目の前に立っている。

「ほら。おまえの顔にゃ涙は似合わねえ。これからは俺が面倒見てやっから、何でも相談しな。ああ、惚れたって構やしねえぞ」

「…………」

「俺か、俺はここの……」

新吉が言い淀むと、沙喜が笑って言った。

「この『長門屋』の跡取りよ」

「えっ。そうなのですか」

「おお、そうよ。おまえ、いきなり玉の輿に乗れたかもしれねえぞ、あはは……いや、ほんと、可愛いなあ」

素直なのかバカなのか、父親と同じで、新吉もすっかり、幸乃にご執心のようだった。だが、その姿が初々しくて、店の奉公人たちも温かい笑顔で見守っていた。

その時――。

「来たぞ、来たぞ！」「向こうから、早く、こっちへ廻って見てみろ」「酷え面してやがるなあ」「いや、なんだかガッカリだぜ」「ああ、もっといかつくて凄い奴かと思ってたがなあ」「情けねえ姿だなあ、あれが天下に名を馳せた〝般若の鎌三〟かよ」

店先でざわつく声が起こり、野次馬たちも大勢、集まってきた。店の者たちも何事かと表に飛び出していった。

目の前の大通りには、馬に乗せられた〝般若の鎌三〟の市中引き廻しの刑が執り行われていたのだ。

ふつうは、『長門屋』からもさほど遠くない伝馬町牢屋敷から、江戸城の周りを一周して、牢屋敷に戻ってから処刑される。

罪がもっと重くて、獄門や磔が科せられるときは、日本橋、赤坂御門、四谷御門、両国橋などを巡った後、小塚原か鈴ヶ森に送られる。〝般若の鎌三〟の場合は〝打首〟なので、牢において処刑されることとなる。

和馬が表に出て見ると、引き廻しをする牢役人に混じって、捕縛した古味ら定町廻り同心も同行していた。

吉右衛門と沙喜も押されるように出ると、野次のとおり、みすぼらしい姿の鎌三が馬上にいる。ずっと俯き加減で、無精髭の顔もろくに見えなかった。

和馬と幸乃も手代たちとともに、店の軒下から眺めていた。

役人たちが、往来の邪魔をしないよう呼びかけ、粛々と引き廻しは行われている。馬上の鎌三は後ろ手に縛られ、「盗賊・般若の鎌三」という木札を背負わされていた。他にも役人たちは、晒されているのが誰かを声かけしたり、札を掲げたりしている。

沿道の野次馬の中には、

「やい、鎌三！　盗んだ金を返せ！」「地獄に落ちろ！」「閻魔様に焼き殺されろ！」

「とっとと死んじまえ」「串刺しにしてやりてえ」「百回死んでも生き返るな!」

などと罵詈雑言を浴びせ、石や物を投げつける者もいた。そうやって、野次馬も日頃の憂さ晴らしをしているのだ。

誰かがかなり大きな独楽を投げつけた。その鉄芯が、鎌三の額に突き刺さるかのように当たった。俄に血が出て、鼻筋を流れた。

「物を投げてはならぬ。引き廻しは処刑であるぞ。お上が行っている処刑を邪魔した咎で、お縄になると思え」

古味が野次馬に向かって声をかけたが、投石は止まらなかった。

いきなり古味が大声を上げて、引き廻しの行列を停止させた。野次馬たちは驚いて、投石を止め、声を顰めた。

「止まれい!」

丁度、『長門屋』の真ん前である。

野次馬たちを見廻しながら、古味はさらに声を張り上げた。

「〝般若の鎌三〟である。盗みはすれど、非道はせずに徹した、天下の大泥棒だ。人殺しもしなければ、女を手籠めにもしたことがない! よって刑場ではなく、牢屋敷内での処刑にせよと、北町奉行・遠山左衛門尉様の御沙汰である。この世の見納めじや。せめて今生の別れを、静かにさせてやるがよい。それが、江戸っ子の情けぞ」

見得を切るような朗々とした声や態度は、いつもの古味とは別人のようだった。同行している熊公も神妙な面構えだ。

馬上の鎌三は、少し顎を上げて、おもむろに『長門屋』の軒下に目をやった。

そこには――怯えたような顔の幸乃が立っている。

鎌三は一瞬にして、分かった。

「――お、お絹……」

声にこそならないが、口の中で呟いたのは、その昔、本当に惚れた女の名前だった。

そして、目の前には、その女と瓜二つの娘が、見上げて立っている。

不思議と幸乃の方も、視線を逸らさず、鎌三を見続けている。何を思っているのか、鎌三には知る由もない。

ただ、我が子と聞かされた娘の前で、何も語ることができず、ただ涙が溢れてきただけだった。涙は堰を切ったように流れ、額の血と混じって血の涙になった。さらに鼻水までが出てきて、もう顔はくしゃくしゃになってきた。

しゃくり上げるような声が洩れ、鎌三の涙は止まることがなかった。それでも必死に、幸乃に向かって微笑みかけた。

幸乃は硬直したままだった。隣にいる新吉が、そっと手を握りしめた。

そのふたりを見て何かを察したのか、鎌三はわずかに礼をするように頭を下げた。

その傍らにいる和馬に対しても、首を折るようにして、目を閉じた。

「引っ立てい！」

古味の声で、またゆっくりと馬が歩き始めた。鎌三は項垂れ、目を閉じたまま、決して振り返ることはなかった。

幸乃はなぜか、角を曲がって鎌三の姿が消えるまで、見送り続けた。その横では、新吉が手を握ったまま立っており、さらにふたりを包み込むように、沙喜も佇んでいる。

「──和馬様……良いことをなさいましたね」

吉右衛門が、さりげなく和馬の横に来て、微笑みかけた。

「む？　なんの話だ……」

「まあ、いいでしょう。それより如何致しましょうか」

「何をだ」

「私、このまま『長門屋』の大番頭として、あの若いふたりを見守っても、よろしゅうございますでしょうか」

「ならぬ」

意外にもアッサリと、和馬は否定した。

「遠山様から聞いた。おまえの商い札の引き継ぎは無効だそうだ。今後は、あの新吉が継ぎ、沙喜が支えることになる……幸乃とのことは、知らぬ。後は、福の神しだいだ」

「和馬様……」

「どうだ。久しぶりに一杯やるか」

「久しぶりといっても、一日二日のことではありませぬか」

「それにしては、随分と長い間、留守にしていたような気がする……あれ？」

吉右衛門の足下を見て、和馬は首を傾げた。

「あの上等な履き物はどうした」

「金に換えました。今宵の飲み代くらいにはなりますかな」

「大番頭なんだろ。女将に幾ばくか貰ってこいよ」

「そんな浅ましいことはできませぬ。では」

吉右衛門がさっさと歩き出すのを、和馬もすぐに子供のように追いかけた。

沙喜が振り返ったときには、もうふたりの姿はなかった。

——おや……?

と思ったとき、市中引き廻しが終わるのを待っていたかのように、いきなり雨が落ちてきた。雨脚はすぐに強くなって、集まっていた野次馬たちもちりぢりに立ち去った。

呉服問屋『長門屋』の軒看板には、恵みの雨のようだった。

第二話　草履の恩

一

三日間、雨が降り止まない。しかも、滔々と滝のような豪雨が続いている。本所・深川界隈でも、大横川、竪川、小名木川などは氾濫寸前であり、小さな堀川などではもう水が溢れ出ている所もある。万が一、隅田川の土手が決壊するようなことがあれば、低地であるこの一帯は、甚大な害を被ることになる。

こんな雨の中でも、仕事をせねばならぬ人も多い。春が近いとはいえ、まだまだ肌寒い時節なのに、梅雨のような鬱陶しい日々が続いている。

富岡八幡宮の表参道、一の鳥居近くにある履き物問屋『夷屋』にも、誰ひとり客はいなかった。土砂降りの中、わざわざ草履や下駄を買いに来る者もおるまい。

主人の八兵衛は、軒下に簾のように落ちる雨を、帳場からぼうっと眺めていた。

年の頃は三十そこそこであろうか。小肥りで少し垂れ目の顔だちは、妙な愛嬌がある。近所の者や知り合いからも、親しみを込めて「えびっさん」と上方訛りで呼ばれるほどであった。

その夷顔も、どんより曇っていた。

「商人殺すに刃物はいらぬ。雨の三日も降ればいい……これは大工か」

ひとりごちたとき、店の軒下に、細身の男が背中を向けて立った。

傘は持っているが、ほとんどずぶ濡れで、着物も薄汚れて継ぎ接ぎだらけ。いかにも貧乏くさかった。

ずっと通りの方に顔を向けたままである。さらに雨脚が強くなったので、軒下から出るかどうか迷っているようだった。

八兵衛は立ち上がると、履き物を履いて土間に降り、出入り口まで行った。

男は気付いて申し訳なさそうに、

「あ、すぐに行きますので、相済みません」

と謝った。

「そこでは濡れますので、どうぞ店の中に入って下さい」

親切ごかしではなく、あまりにも濡れ鼠なので、八兵衛は手拭いのひとつでも貸そうと思ったのだ。だが、男は本当に恐縮して、手を振りながら断った。

「そうおっしゃらずに。体も冷えます。お急ぎでなければ、ぜひ……」

半ば強引に、八兵衛は自分も表に出て、男を店に入れようとした。

「いいえ、本当に……」

男は遠慮して歩き出そうとした。その時、男の雪駄の鼻緒が切れた。

「あっ。これは、いけませんねえ」

相手に肩を貸しながら、八兵衛は男を店内に入れ、上がり框の所に座らせた。見るからに痩せ細っているが、足袋の上からでも足の甲が骨張っているのが分かる。

「おい。誰か、足盥を持っておいで。ああ、湯を少し足しておくれよ」

八兵衛が奥に向かって声をかけると、しばらくして若い手代が、ぬるま湯を張った盥を運んできた。

「どうぞ、お使い下さい」

足下に盥を置いたが、男は俯いたまま何もしようとしなかった。

少し動きが鈍い。どこか体が悪いのかもしれないと、八兵衛は男の足を盥に入れてやり、泥で汚れた足先を洗いながら、

「手拭いをもっと持ってきなさい」

　と言うと、今度は違う若い手代と小僧が来て、手拭いを持ってきた。八兵衛が何も言わなくても、ふたりは当然のように、濡れた男の着物を拭き始めた。もうひとりの手代は、店の火鉢を、男の側に寄せた。

「も、申し訳ありませんねえ……体を曲げにくいもので……」

　年は、八兵衛とさほど変わらないような気がする。だが、皮膚は爛れているように張りがなく、肉も削ぎ落とされている感じだ。

　ドタドタと階段を登り降りする足音がして、子供がふざけあう声が湧き起こった。ほとんど同時に、「やめなさい、これ」と母親の叱りつける声もした。

「——お子さんが……」

「ええ。五歳と三歳の遊び盛りの男の子がふたり。うるさくてすみません」

「とんでもない。男の子ですか、それはようございますね。お店も安泰だ」

　見かけとは違って、丁寧な物腰と物言いだった。

「ああ、もういいですよ」

「いえ。お客様の足を洗うのは商売みたいなものですから……履き物屋ですので」

「本当にもう……」

遠慮がちに男が言ったとき、また階段の方で騒ぎ声と足音がした。その方を何気なく振り返った男の目が、アッと凍りついた。

その急な変貌を、八兵衛は見逃さなかった。

男は礼を言いながら立ち上がり、店の下駄を借りて、店の片隅へ向かった。

そこには——小さな台の上に、子供用の白い上等な草履が、立てて飾られている。十歳くらいの子が履くくらいの大きさである。

「これは……」

男が尋ねると、八兵衛は微笑みながら答えた。

「うちの家宝です」

「家宝……先代が作ったものとか」

「いえ。この店は私が始めたものです。ただの職人だったのですが、女房が初めの子を身籠もった頃に、ようやく店を……」

「そうでしたか……ご立派なことです」

「いいえ。ご覧のとおりの狭い店でございます」

八兵衛は謙遜して言ったが、間口は十間ほどあり、奥行きも深く、裏手には履き物を作る工房もある。

何より富岡八幡宮の『夷屋』という屋号は、本所深川界隈では知らない者はいないほどだ。永代橋を渡って、わざわざ買いに来る者もいた。参拝ついでに、縁起を担いで履き替えて帰る人もいる。

「ちょっと、これ……手にしていいですか」

遠慮がちに男が言うので、

「どうぞ、どうぞ」

と八兵衛は勧めながら、もしかして子供と生き別れにでもなったのだろうかと、勝手な妄想をした。

男はその履き物を裏返してみたり、鼻緒を軽く引いたり、重さを確認したりもしている。しかも、子供の頃の玩具を見つけたように、懐かしそうな顔になった。

じっと鼻緒留めを見つめながら、少し涙を滲ませている。何度か愛(いと)おしそうに掌(てのひら)に載せてから、元の場所に置いた。

「——もしかして、その草履を作った職人さんをご存じだとか？」

八兵衛が妄想を広げて尋ねると、男はエッという顔になった。

「いえね。鼻緒留めには職人の意気を感じさせますし、下駄の裏には職人の刻印を誰にも分からぬように入れたりしますからね」

「そうなんですか……」

「はい。今は履き物職人といえば、履き板や下駄、鼻緒や留め金などを組み立てるだけになってきましたが、昔はぜんぶ自分で作ったものです。だからこそ、人それぞれの足に合った、しっかりしたものができた」

「……」

「もっとも、私も今では、自分で鼻緒を作ったり、留め金を金型から作ったりしませんがね……横着になりました」

「いいえ、とんでもない……良い物を見せて貰いました……」

表を気にして見ると、雨はまだざんざん降っている。男は申し訳なさそうに、

「長居をしてしまいました。今日は、本当にありがとうございました」

「まだ雨が……」

「いいえ、本当にもう……」

「では、よろしかったら、これを履いて帰って下さい」

八兵衛は一対の新しい草履を差し出した。それの踵（かかと）の部分には、〝〇に夷〟という焼き印が入っている。

「なんだか、商売っけたっぷりでしょ。富岡八幡宮の参拝客をあてにした安物です。

こんなもので申し訳ありませんが」

「いえ、私はあれで……」

盥の横に置いてある古い草履を指したが、八兵衛は首を振って、

「残念ですが、鼻緒留めが割れていて、付け替えたとしても、合わないのできっと、すぐに取れてしまいます。どうか、これを。もちろん、お代は要りません……八幡様の手土産とでも思って。いや、足土産ですかな、はは」

と胸に押しやった。

男はもうそれ以上の遠慮は野暮と感じたのか、有り難く戴きますと深々と頭を下げ、丁寧に履いた。そして、子供のように若やいだ顔になると、少し足踏みをしてから、

「本当にありがとうございます。大切に使わせていただきます」

と深々と頭を下げると、八兵衛が引き止めるのも構わず、傘を手にして表に出ていくなり、逃げるように駆けていった。

「あっ、もし……！」

声をかけたが、雨の中を、あっという間に永代橋の方へ走り去った。

軒下から見送ってから店に戻ると、子供用の草履が傾いていた。それを直しながら、八兵衛はふいに妙な感覚に囚われた。

「…………」

何度も裏返しながら、この草履を見ていた男の顔を思い出し、何か込み上げてくるものがあった。

その鼻緒留めは〝鶴の紋様〟であり、下駄の裏には「清吉」という名が刻まれていた。

——もしや……！

八兵衛の胸に熱いものが急に込み上げてきて、表に飛び出した。人の往来はほとんどないが、今し方、出ていったばかりの男の姿も見えなくなっていた。

「喜助、源太！」

ハイと声があって、すぐに顔を出した。

「今、出てった男の人を追ってくれ。さあ、早く」

「えっ……今ですか……」

「いいから早く。顔は覚えているよな」

「は、はい……」

「とにかく、追いかけなさい。探して、店に連れ戻してきなさい」

手代ふたりは何事かと思った。

だが、主人がここまで感情を露(あら)わにするのも珍しい。喜助と源太はふたりして、命じられるままに番傘を手にすると、雨の中に飛び出していくのだった。

二

翌日は、連日の雨が嘘のように晴れ渡り、江戸らしい青空が広がった。

家に籠もっていた人々は、巣から飛び出した燕(つばめ)のように、はしゃいでいるように見える。富岡八幡宮の表参道にも、あっという間に参拝客が現れ、まるで縁日のような賑わいとなった。

平面に見えるが、表通りの石畳は緩(ゆる)やかに傾いており、水捌(みずは)けがよくなっている。まだ川も掘割も水面が高いが、どうやら家屋に浸水せずに済みそうだった。

何日かぶりに、吉右衛門は無聊(ぶりょう)をかこつように散策していた。

いつものように富岡八幡宮に参拝し、蕎麦(そば)を啜(すす)って、あんみつを食べてから、『夷屋』に立ち寄った。

若い娘から老人まで、色々な客が押し寄せて好みの草履や下駄を試し履きしていた。

手代はたったふたりと小僧がひとりだが、そつなく客あしらいをしていた。内儀(ないぎ)のお光も一緒になって、繁盛を絵に描いたような店である。

　ぼんやり吉右衛門が立っていると、接客していた八兵衛が気付いて、

「ご隠居さん。お久しぶりです。さあ、こちらで茶でも召し上がって下さい」

　と手招きした。

「茶は結構だが、ちょいと腰掛けさせて貰いますよ」

　参拝客が一休みに使うために、軒下に縁台が置かれてある。履き物屋だから、店内にも腰掛けがあちこちに点在している。

　八兵衛はニコニコと夷顔で近づいてきて、

「どうです、履き心地は……」

　と言いかけて、目が点になった。

「あれ、今日は草履が違いますね。私のはお気に召しませんでしたでしょうか」

　吉右衛門の足の寸法や膨らみに合わせて、八兵衛自身が工房で作ったものだった。

　もちろん、吉右衛門は一番のお気に入りだったが、申し訳なさそうに微笑み、

「すまんな……あの草履は、『長門屋』という呉服問屋の番頭にやってしもうた」

「えっ……」

「丁度、履き具合がよいといって、しかも『夷屋』の縁起物だから欲しいと。番頭と

いっても、まだ若い人だから鼻緒は地味だと思うたのだがね……相済まぬ」

「いいえ。気に入って下さったのなら、嬉しいですが……では、また新しいのをお作り致しましょう」

「いや、それが金欠でな」

愛想笑いをしながら、吉右衛門は袖をぶらぶらと振った。

「和馬様に禄米が入ったら、またお頼みいたしますよ。ところで……こんな人を見かけませんでしたかな」

吉右衛門は懐から一枚の紙を出して、八兵衛に見せた。人相書きだった。

それを見た八兵衛は、凝然となった。

「あっ……！」

「知っているのですかな」

「昨日、会ったのです。というか、雨宿りで……」

店であったことやその人の様子を、八兵衛はそのまま話した。

吉右衛門はなるほどと頷いて、

「その人だな、きっと……なにね、三日ほど前に、藪坂甚内先生の深川診療所に担ぎ込まれたんだ。洲崎の海岸辺りに、行き倒れみたいに倒れてたところを、材木置き場の人足らが見つけてな」

「どこか具合が悪いのですか。たしかに、痩せ細ってましたが」

「詳しいことは分からぬが、とにかく食も進まず、動きも少し鈍いので、滋養不足だろうと診療所で面倒を見ていたのだ」

「抜け出したのですか」

「そのようだな。しかし、何処から来たのかも、名前も名乗らなかったから、まったく分からぬそうじゃ。だから、こうして、人相書きを、な」

改めて、吉右衛門が人相書きを見せた。実にそっくりだと、八兵衛は感心した。

「これは千晶が書いたものじゃ。診療所には、惚(ぼ)けた老人とか、まだ名前も言えぬ幼子なども舞い込んでくるからな。こうして、描いておくんだとよ」

「へえ……千晶さんは、産婆(さんば)に骨接(ほねつ)ぎ、絵まで上手なんですね」

「ああ。薬の調合もなかなかだし、あの娘が作る料理も美味(うま)い。嫁にどうだね」

「私は妻子がおりますので」

「あ、そうだったな。ガハハ、こりゃ失敬」

いつもの馬鹿話に変わりそうなとき、八兵衛はアッとなった。飾り物の子供用の草履を持ってきて、吉右衛門に見せた。

「名前が分からないと言ってましたよね」

「うむ。千晶の話じゃ、言葉数も少なかったそうな」

「これです、きっと」

八兵衛は、草履の裏に刻まれた「清吉」という名前を見せた。

「清吉さんという名だと思います。私はあの人に思えてならないんです」

「どういうことかね」

「はい。実は……どうぞ、こちらへ」

店は手代や内儀に任せて、奥の座敷に招いた。そして、織物の糸を丁寧に解きほぐすように、八兵衛は話し始めたのである。

——もう二十年近く前のことである。

八兵衛は品川宿の外れにある、小さな浄土宗の寺に棲み着いていた。いや、住んでいたのではない。野良猫のように、寺の境内の片隅に身を寄せていただけである。

その寺の住職は、孤児が集まっているのは承知しており、時折、炊き出しなどをして施し、飢えからはかろうじて救ってくれていた。

中には小僧として修行を始めた者もいるが、八兵衛は性に合わなかった。

品川宿の外れには、桜の名所である御殿山がある。周辺には、沢庵和尚が開いた東海寺をはじめ、何十もの寺が白壁を重ねるように並んでいた。

鈴ヶ森の刑場で処刑された咎人や、無縁仏となった品川女郎を葬る寺もあった。そのせいか、江戸市中よりも捨て子が多く、しぜんの孤児が集まって暮らすようになっていた。八兵衛もそのひとりだったという。

「そうだったのですか……そりゃ、大変、苦労したんだねえ」

吉右衛門はえらく感心した。

「てっきり、乳母日傘で育った人かと思ってましたよ。だって、いつも穏やかで、苦労の〝くの字〟も見せないから」

「こうして、なんとか履き物屋として生きてこられたのは、この子供用の草履のお陰なんです。だから、家宝なんです」

八兵衛は遙か遠くの空を眺めるように、

「あれは、東海寺か何処かに参拝した帰りだったのでしょうか……宿場町の一角にある大きな茶店の前でのことでした」

と話し始めた。

まだ十歳の八兵衛は、まさに物乞いをしていた薄汚れた子供だった。

街道の道端に座り込んで、往来する旅人たちに「腹が減ったあ」「なんか、ちょうだい」と他の孤児仲間ら数人と声を合わせて、食べ物や金を求めていた。

たまに投げ銭をしてくれる人や、余り物のおにぎりなどを分けてくれる人もいたが、ほとんどは見て見ぬ振りをして通り過ぎた。

宿場役人が飛んできて、「表通りに出るな。向こうへ行け」と追っ払われ、逃げてはまた別の所で物乞いをする毎日だった。

そんなある日――。

大きな寺への参拝帰りであろう、十数人の行列が東海道の茶屋で休憩した。

一行は武家ではないが、白塗りの綺麗な駕籠と、供の者がズラリと並んでいた。どこぞの大店の奉公人たちのようだった。いずれも緊張した面持ちで、たったひとりの十二、三歳の子供を若君のように扱っていた。

八兵衛はいつものように、他の子供ら数人と物乞いの真似事をしていたが、宿場役人が蹴散らすので、みんな逃げていった。

だが、八兵衛だけはじっと、茶店の中でお汁粉や団子を食べている〝若君〟の姿を、物欲しそうに見ていた。

狙いは団子の棒だった。少しの甘だれとともに、こびりついている団子の残りを、ちゅうちゅう吸って食べるのが楽しみなのだ。八兵衛は、その甘味の虜になっていたが、買える金などない。まさに泥棒猫のように狙っていた。

時に団子が丸々一個、付いている棒もある。それを奪ったとしても、残り物だから、店の者はあまり怒ることはなかった。

くだんの〝若君〟が茶店から出てきた。上品な白い絹の羽織を着ている。

表に停めてある駕籠に向かう途中、〝若君〟はほんの一瞬、地べたに座っていた八兵衛の方を向いた。だが、八兵衛の方は、店の奥にある団子の残りの方が気になっていた。

「――二個も残ってる……」

八兵衛は喉が鳴った。考えるよりも先に、体が動く。店の中に飛び込んで、一瞬のうちにかっさらって逃げ、裏手の神社の本殿の下に潜り込んで、ちゅうちゅう舐めるのだ。それが、いつものことだった。

だが、今日は、中腰で走ろうとした途端、前のめりに転んだ。下駄の鼻緒がブチ切れて、その弾みで、ずっこけたのだ。

なにげなくそれを見ていた〝若君〟は、クッと鼻で笑った。八兵衛は犬のように四つんばいの姿勢で、〝若君〟を上目遣いで見ていた。立ち上がろうとして、また転んで、すでに傷だらけの膝小僧を、したたか打った。

〝若君〟はその姿を振り返りながら、駕籠の前に行くと、駕籠に腰掛けた。

すぐに、お付きの者が、足を軽く上げる〝若君〟から、草履を脱がせた。それを懐に入れようとする奉公人に、

「あいつに、やれ」

と〝若君〟は言った。

「は……？」

「その草履を、あいつにやれと言ったんだ」

「ですが、これは、ご主人がお坊ちゃまの足に合わせてお作りになり……」

「いいから、やれ！」

怒鳴るように〝若君〟が言うと、まだしゃがんだままの八兵衛の側に、奉公人は近づいて、無言のまま置いた。足下の下駄の鼻緒は千切れ、おまけにヒビまで入っている。

八兵衛はその履き物を見て、なんだか無性に腹が立ってきた。

「いるか、こんなもの！　草履で腹が肥るか、ばか！」

と声を荒げて、八兵衛は草履の片方を駕籠に向かって投げた。駕籠には届かない。

素知らぬ顔で〝若君〟が駕籠に入ると、簾が下ろされ、供の者たちが仰々しく、まるで大名行列のように立ち去った。

それを見ていた別の子供が来て、投げた草履を拾ったが、八兵衛はそれを奪い返して、また投げようとした。

だが、今度は投げずに、履いてみた。少し大きいが、なんて履き心地が良いのだと思った。下駄の歯はちびていて、鼻緒も切れている。八兵衛は草履を履くことにした。

小汚い着物に薄汚れた足には、不釣り合いな草履だった。お寺の和尚さんも、

「何処から盗んできたのだ」

と怒るほどだった。だが、〝若君〟がくれるところは、茶店の者たちも見ていたので、誤解はすぐに解けた。

八兵衛は得意げに履いていたが、しだいに勿体ない気がしてきた。白い草履だから、すぐに黒ずんでくる。八兵衛は汚れるたびに、綺麗に洗って丁寧に拭いて、肌身離さないでいた。

あるとき、草履をひっくり返してみて、鼻緒留めが鶴が羽を開いている紋様だと気付いた。「清吉」と彫られていたが、その頃は、ちゃんと文字が読めなかった。

それでも、生まれつき手先が器用なのか、八兵衛は草履を分解しては、細かなとこ

ろも綺麗に磨いては組み直し、それが生き甲斐かのように繰り返していた。

いつの間にか、下駄や雪駄などが歪んだり、壊れかかっているのを修繕するようになった。ほとんどは、身を寄せている寺の坊さんの下駄だった。

ある時、寺を訪ねてきた男が、八兵衛の器用な手先や履き物を丁寧に扱う姿を見て、

「小僧。おまえ、履き物職人にならないか」

と言い寄ってきた。

「下駄や草履を作って、おまんまが食えるんだぞ。こんないいことはないだろう」

綺麗事を言って誘い込む人買いや人攫いは、幾らでもいた。しかし、八兵衛はその時、なぜか素直に信じて、男についていったのだった。

それが、芝神明近くにあった草履屋だった。

職人が十数人もいて、広い板間の部屋で、藁打ちや材木切りなどから始める工房だった。みんな黙々と、ほとんど無言で自分の仕事に集中していた。

ふつうに履く草履や下駄、草鞋は元より、珍しいところでは、太夫の履く高下駄、寒さを防ぐ藁沓や藁はばき、武士が使う馬上沓や貴族が使う浅沓なども作っていた。

元々、人々は裸足で暮らしていた。草鞋などは、平安の昔から下層役人が使っていた程度で、〝鼻緒がついた履物〟は偉い人が使っているものだった。そういうことも

学んできた。

八兵衛は何でも作れるようになったが、中でも、雪駄が得意だった。茶人などの間で流行(はや)ったものだが、今は与力や同心には欠かせない履き物だ。草履の裏側に革を張り付けて丈夫にし、湿気を通しにくくする。ゆえに水を打った道や雪でも滑(すべ)りにくかった。

その工房で、八兵衛は十二年間、働き続けた。そして、自分の店を持ちたいと高輪(たかなわ)で、間口二間の小さな店を借り、『夷屋』と名付けた。その頃、茶店の娘だったお光とも、一緒になった。

お光が身籠もったのを祝い、丁度、三年に一度の深川八幡祭りに出かけた。そのとき、たまたま今の店が貸しに出ていたので、心機一転、思い切って、店を大きくしたのだ。

「――ですから、今の自分があるのは、この草履があったからこそです。あの時、情けをかけてくれたのかどうかは知りませんが、私に草履をくれた、あの子が恩人なんです」

しみじみと八兵衛が語り終えると、吉右衛門はなるほどと頷いて、

「でも、ここまで店を立派にしたのは、八兵衛さん、あんた自身が頑張ったからこそ」

「いえ……」

「もちろん、履き物作りの師匠、お内儀や周りの人たちの手助けがあったのは確かでしょう。けれど、あなたに踏ん張る力があったから、生きてこられた。人の重さを支える、履き物に相応しいお話でした」

吉右衛門は零れた感涙を拭うと、

「——では、人相書きの人は、清吉さんかもしれませんな……私も一緒に、探してみましょう。ええ、必ず見つかりますとも」

と励ました。

八兵衛は草履の鼻緒留めの金具と、彫られている名前を見せながら、

「私も何度か、この紋様を使っている店を探そうとしました……清吉というのは初め、職人の名かと思いました。が、奉公人が〝若君〟の足に合わせて作った、と言っていたのを思い出し、清吉という人も探しました……でも、見つからなかった」

「……」

「だから、私もいま一度、会って、改めて礼を言いたい。ああ、昨日、もっと引き止

めておくべきだったと悔やんでます」

「大丈夫ですよ。意外とすぐ近くに、まだいるかもしれませんよ」

　吉右衛門は根拠のないことでも、前向きに捉えるのが得意だった。その笑顔に、八兵衛も癒やされるのだった。

三

　門前仲町、黒江町、入船町、宮川町など十町の火事は、『南組二組』の縄張りである。

　纏は、〝二つ算木に南の字三方〟という飾りで、組頭の半纏は〝鏡白の蛤〟、人足たちのは〝二つ算木釘抜きつなぎ〟である。

　算木とは、中国伝来の棒状の計算器具のこと。算盤と呼ばれるものと併用して、難しい計算ができるとか。その由来は、真っ先に火事場に「かける」という意味らしい。

　汐見橋近くの入船町にある『南組二組』で、縄張りの十町の町名主たちをはじめ、町内の主立った人が寄合をしていた。その中に、高山和馬がいるのは、小普請組が世話をしている人足たちとの関わりがあるからだ。

本所深川界隈は、火事になっても、水害になっても、広い範囲で被害を受けることになる。最小限にするにはどうするか、日頃から、準備しておかねばならない。

「あらゆる準備が無用になったとき、町火消は一番、嬉しいんだ」

というのが、組頭・辰三郎の口癖だった。

四十の坂を越えたが、今も張りのある体と声で若々しい。一段落して、軽く酒盛りでもしようとしたとき、

「ごめんなすって」

と声があって、三度笠に黒合羽姿の男が入り口の外に立った。

明らかに渡世人である。丑松や小太郎ら若い衆数人が、素早く玄関口まで飛び出していって、「なんでえ。おまえのような輩には用はねえ。とっとと行きな」と怒声を浴びせた。さすがに江戸町火消の鳶は喧嘩っ早くて、威勢がいい。

「これは失礼致しました。お控えなすって」

三度笠が言ったが、誰も控えなかった。これ以上、嫌がらせをすると痛いめに遭わせるぞと逆に脅かした。

そのとき、奥から辰三郎が声をかけた。

「おまえ、もしかして、寛次かい」

申し訳なさそうに、三度笠を取った男は、まだ二十半ばの若者だった。

「やっぱり寛次じゃねえか。今から、酒盛りだ、いいところへ来た。さあ、こっちへ来い、こっちへ」

辰三郎は懐かしそうに招いて、自分のすぐ側に座らせた。寛次と呼ばれた若者は、恐縮したように正座をした。

「おいおい。よせよ。足を崩しな」

「いえ、これで結構でございやす。すぐに、おいとましやすので」

堅苦しい態度で寛次は話すが、辰三郎の方は気さくに若い衆たちに、

「こいつはよ、俺が駒形の『十番組と組』にいたときに、入ってきた奴だ。華奢に見えるが、喧嘩の腕っ節は組一番だ。俺ですら負けちまった」

と話し始めた。

酒を勧めたが、寛次はそれも断って、

「その節は色々と、お世話になりやした。辰三郎さんが、この『南組二組』の頭になるときに誘われたんですが、お断りして、本当に申し訳ございやせん」

「昔のことだ。おまえ、幾つになった」

「二十五になりやす」

「そうかい。あれから……五年。おまえも苦労したようだな。しかも、よい苦労だ」

「とんでもありやせん」

「だがよ、俺はおまえに一番纏を持たせてやりたかったなあ」

「恐縮です……」

若い衆たちから見れば、辰三郎と寛次の関わりが、まだよく分からない。かといって、話に割り込むようなこともできない。

だが、和馬はこういうとき、まったく場の雰囲気を読めないので、

「頭に勧められて、渡世人になったんだってな。前に聞いたことがある」

と言った。若い衆たちは凍りついたが、

「そうですよ」

辰三郎はあっさり答えた。

「こいつは、どうしようもない悪ガキでね。地廻りのヤクザ者相手でも平気で突っかかっていってたからね。火消しに行っても、消すより野次馬と喧嘩してる方が多かった。だよな、寛次」

「へえ……」

「だから、俺の組に連れてきたかったんだが、どうしても裏渡世に行きたがるんで、

どうせならと、俺の知ってる親分に頼んだんだ」

　そこまで辰三郎が話したとき、

「今日はそのことで、御礼に参りました」

「おいおい。その筋の者に、お礼参りって言われたら、背筋が凍るじゃねえか」

「ご冗談を……」

　寛次は振り分け荷物の中から、袋を出して、辰三郎の前に置いた。

「なんでえ、これは」

「昔、お借りしたまんまの金でござんす」

「そんなもの、いらねえよ」

「いいえ、お納め下さい。利子もちゃんと付けておりやす」

　強い口調になって寛次は、強引に押しやった。途端、空気が一変して張りつめた。

「――どういう了見だ、寛次」

「頭(かしら)を恨んで生きてきたからこそ、こうして人並みの渡世人になれやした。ご恩は一生、忘れません」

　ギラリと寛次が見る目つきは尋常ではない。察した若い衆らは辰三郎を庇うように、一斉に立ち上がった。

「喧嘩売りに来たのか、てめえ」

丑松が摑みかかろうとすると、寛次はその腕を摑んで引き倒した。

「このやろう」「やっちまえ」

喧嘩っ早い若い衆たちも一瞬にして気色ばんだが、辰三郎は止めて、

「相変わらず突っ張ってやがんな」

と真顔になった。

「これで、貸し借りはなしってことで」

「好きにしな」

「それでは、ごめんなすって」

寛次は軽く頭を下げると、若い衆など相手にせぬとばかりに堂々と出ていった。若い衆はドタドタと追いかけようとしたが、

「放っておけ」

と吐き捨てるように言った。

だが、和馬は気になることがあって、立ち上がった。ぶらぶらと寛次を尾けて出ていこうとすると、辰三郎が声をかけた。

「高山様まで……相手にすることは、ありやせんぜ」

「奴は人を斬る気だ。打首や獄門になるのも覚悟の上でな」

「まさか……」

「おまえさんには、今生の別れを告げに来たってとこかな、恩人だから」

和馬はいつものように飄々と出ていくのであった。


富岡八幡宮の参道を、寛次はまっすぐ進んでいた。

鳥居の前に来て、深々と一礼すると、境内に入り、本殿に向かっていった。

すると——鬱蒼と茂っている木陰から、数人の浪人がバラバラッと現れた。いずれも、ろくなことをしてなさそうな痩せ浪人で、異様な目つきである。

「ほう。ひとりで来るとは上等だ。川越の仇を江戸と洒落込んだか」

頭目格であろう、一番体の大きいのが言った。

「おまえらなんざ、俺ひとりで充分だ。親分の仇、取らせて貰うぜ」

三度笠を取ってパッと相手に投げつけると、寛次は素早く駆け寄って、相手が刀を抜く前にふたりの腕を斬った。ひとりは手首がパックリ切れており、もうひとりは肘が裂けている。悲鳴と同時に血飛沫が飛んだ。

あとの三人は自信満々とした態度だが、返す刀で突っ走ってくる寛次の勢いに、後退りして避けた。そのうちひとりの肩口をバサッと斬った寛次は、まるで歌舞伎役者のように振り返った。

残ったふたりのうちひとりは、「ひいっ」と情けない顔をして逃げ出した。

残った頭目格は青眼に構え、寛次との間合いを取った。剣術の鍛錬は最もしているようだが、大した腕ではなさそうだ。

「おまえだけは殺す。怪我じゃすまさないからな」

「ふん。おめえ、何も知らないのだな」

意味ありげにほくそ笑む頭目格に、寛次は怒鳴りつけた。

「命乞いなら聞かねえ。覚悟しやがれ」

「返り討ちにしてくれるわッ」

頭目格が飛びかかると、寛次はサッと横に躱して相手の尻を蹴飛ばした。

頭目格がたたらを踏んでいる背中を、バッサリと寛次は斬り捨てた。刀を落として、俯せに倒れたところへ、寛次は長脇差しを突き立てようとした。

そのとき、「待て」と声があって、和馬が近づいてきた。

「?!――あなたは、辰五郎さんの所にいた……」

「止めを刺せば、言い訳ができなくなる。それだけは、よしておけ」

「いや、俺は……」

寛次は思い切り刺そうとしたが、素早く抜刀した和馬は長脇差しを弾き飛ばした。

そこへ、騒ぎを聞いたのか、駆けつけてきた古味覚三郎と熊公が驚愕の目で、倒れている浪人たちを見た。境内の隅っこには、なぜか逃げたはずの浪人も失神している。

「またおまえか、高山」

古味が思わず怒声を発すると、和馬はわざと懐紙で刀を拭く真似をして、

「おい。こっちは旗本だ。呼び捨てはやめろ。でないと」

とブンと刀を振って鞘に戻した。仰け反った古味は、

「いつもいつも……厄介事を撒き散らしているからですよ」

と不満げに言いながら、倒れている浪人たちの顔を見て、古味は言った。

「こいつら、赤鞘組の連中じゃねえか」

頭目格の顔を確認した熊公が、和馬を見上げた。

「そのようですね。こいつは、水野幸之助という旗本崩れだ」

「知っておる。小普請組にいた奴だ。不祥事をやらかして、御家断絶になってから、やくざ一家の用心棒をして糊口を凌いでいた」

赤鞘組とは、家禄を失った与力や同心らが、法に外れたことをしたとき、刀を取り

上げられて赤い布にくるまれることからきた。自分たちは所詮は「赤鞘」だと自嘲して、さらに阿漕なことをしている一団のことだ。

近頃は、町奉行所の目が厳しくなっていたから、赤鞘組を名乗る者は激減していた。が、ただの浪人も人を脅す際に、名乗ることがあった。血も涙もないと印象づけるためだ。

「いずれにせよ、そこの若いの……どこの組内の者か知らないが、番屋まで付き合って貰うぜ。さあ、来い」

古味が言うと、寛次は長脇差しの血を拭ってから、鞘に戻し、

「ご迷惑をおかけいたしやした」

と腰を屈めて手渡した。

受け取った熊公は、感心したように見て、

「なかなか立派じゃねえか。よい心がけだ。なに、俺もちょいとその昔よ……」

と言いかけると、古味が頭を叩いた。

「余計なことはいいんだよ。さっさとふん縛らねえか」

元より覚悟していたのか、寛次は大人しく従うのだった。その肩を軽く叩きながら、和馬は古味に言った。

「多勢に無勢。俺が加勢したんだ。だから、俺にも縄をかけて貰おうかな」

「ややこしいことを言わないでくれ」

古味は困ったように眉根を上げて、熊公に「おい」と命じた。

四

通称、鞘番所に連れてこられた寛次は、土間に大人しく座っていた。

深川一帯の事件を扱う大番屋で、本所廻りの与力が常駐し、事件によっては吟味方与力が来ることもある。咎人を拘束する牢部屋が、鰻の寝床で鞘のように細長いから、こう呼ばれている。

土間に座らされた寛次は、壇上の古味を見上げて、姓名を名乗った。

「武蔵は川越の外れ、入間川沿いにある吉田村生まれの、寛次というケチなやろうでござんす。十五のとき江戸に出てきて、縁あって駒形の町火消『十番組と組』に奉公しやしたが、辛抱が足らず二十歳になる時には、道を外してしまいやした」

「町火消の鳶だったのか……」

古味が意外そうな目を向けると、熊公がすぐに言った。

「『と組』なら、『南組二組』の頭、辰三郎さんがいたはずだが……」

「へえ、随分と可愛がって貰いやした」

素直に答える寛次に、古味は問い続けた。

「なんだって、赤鞘組の連中と喧嘩になったんだ」

「喧嘩じゃありやせん。仇討ちです」

「仇討ち……」

「あっしは、川越城下の『新富屋』という普請請負問屋の手代頭をしておりやした。大工や人足の手配りを生業としておりやした」

「おまえ、堅気なのか」

「いいえ、『新富屋』というのは、いわゆる二足の草鞋という奴で、親分の政五郎さんは、地元ではちょっと知られた侠客でした」

「でした……」

「へい。あの浪人たちは、江戸から川越まで物見遊山に来たのでしょうが、城下の遊女屋で乱暴狼藉を働き、旅人相手に隠し賭場を開いたり、物盗りまでしたので、政五郎親分が捕らえて、奉行に引き渡しました」

「…………」

「ですが、大した罪にはならず、敲きや数日の入牢でお解き放ちになりました。ところが、水野のやろうは、親分を騙し討ちにして、殺してしまいました」

「騙し討ち……」

「改心したふりをして、油断させたところを、十数人の浪人たちに襲わせました。ただの逆恨みで、親分は……」

悔し涙を堪えるように、寛次は喉を詰まらせた。

「それで、仇討ちかい……」

「仇討ち願いを、お上に出したのですが、元より仇討ちは御法度、認めて貰えません。ですから、女将さんは店を畳み、侠客稼業は辞めて、奉公人ら若い衆には金を与えて暇を出しました」

「…………」

「あっしも女将さんには随分と世話になりやしたが、最後の御奉公にと、水野を始末して、親分の骨をご先祖に供えたいと思いました」

「親分の骨を……持ってきたのかい」

「骨と言っても、ほんの欠片でございやす。あっしのここにありやす」

寛次は懐を指して、

「親分は、深川生まれだと聞いておりやす。三歳か四歳の折にはもう、川越の『新富屋』先代に養子に出され、長じて、そこの娘さんと夫婦になりやした。女将さんのことです。娘さんもふたりおりやす」

「娘ばかりかい……」

「へえ。ですから、この際、店を畳みました。親分は生前、深川から見ていた江戸の話をよくしていました。キラキラ光る朝日や漁をしてる船のことしか覚えてないそうですが、あっしも江戸にはしばらくいたので、話が合いまして、へえ」

よほど寛次は、親分の政五郎と気があったのだろう。親しみを込めて話した。

「親分といいましても、まだ三十になったばかりでござんす。あっしには兄貴くらいの年ですから、無惨に殺されたのが、悔しくて悔しくて……」

「そうか……そりゃ、辛かったろうな……残された女房も若後家で、娘たちもまだ育ち盛りってことか」

古味も同情する目になったものの、

「だがな、理由はなんであれ、おまえは人を殺めようとした。認めるな」

「へえ――」

「なら、話は早い。吟味方与力様のお調べを受けて後、町奉行にてお裁きとなる。それまで、この番所に留めておく」

　立ち合っている与力に、古味は許しを請うた。

　その時、辰三郎が駆け込んできた。酒が入って顔を真っ赤にしており、怒りに肩を震わせながら、

「寛次、てめえ。いつから人殺しなんかに、成り下がったんだ」

　と踏み込んだ勢いのまま、寛次に平手を食らわせた。

　我慢する寛次は、「申し訳ありません」と呟いた。それでも、二発目を浴びせようとする辰三郎を、熊公が止めた。

「頭……こいつはぜんぶ正直に話しました。頭にも恩義があると言ってます。後は、町方に任せて下せえ」

「そうだぞ。おまえさんちの若い衆より、よっぽど態度がいいぞ」

　古味に言われて、辰三郎は寛次の前に座り込んだ。

「すまなかったな、寛次……あの時、俺がしっかり受け止めてやってれば、おまえはこんな風になってなかったかもしれねえ」

「よして下さいよ。さっき、頭を恨んで云々(うんぬん)てなあ、嘘ですよ。心の中では感謝してる。あの時も、今みたいなビンタを食らわされたよなあ……」

常に感情を殺していた寛次が初めて、ほろりとなりそうになった。

「頭は、俺をぶん殴り、どうせ嫌われ者になるなら、中途半端なことをせず、やくざになれと、浅草の寅五郎親分の所へ引きずっていきやしたね。そして、土間に額を押しつけられて、『どうか一人前の渡世人にしてやって下せえ』と、頭自身が頼んだ」

寛次は、辰三郎に寂しそうな笑みを見せ、

「そこでも、俺は半端でね、逃げ出したんだけれど、流れ着いた川越で、『新富屋』の親分に拾われたんだ」

「知ってるよ」

「え……」

「『新富屋』の政五郎さんは、義理を通して寅五郎親分に逃げた若い衆を引き受けたと話をつけた。そのことを寅五郎親分が、俺に聞かせてくれてたんだ」

「そうだったんですかい」

「だから、安心してたんだよ……なんたって、政五郎さんは、この深川の出だ。幼い頃に、遠縁に当たる『新富屋』に養子に出されたが、実家は深川随一の材木問屋『丹後屋』だからな」

「頭は、親分のことをご存じなんで？」

「いや。よくは知らねえが、そりゃ大きな材木問屋で、富岡八幡宮の海辺の方、三万坪余りの地主でもあったから、大層な豪商よ」

「その実家は今……」

「跡形もねえよ。もう十五年も前のことだ……古味の旦那も覚えてるだろうが、大火があって、この辺り一帯が焼け野原になった。風向きのお陰で、富岡八幡宮は焼けずに済んだが、海っかわは洲崎辺りも酷かった」

辰三郎も新大橋を渡って、他の町火消らと一緒に、組応援に駆けつけてきた。だが、冬場で乾燥していたこともあり、あっと言う間に延焼した。死人も数人出たが、江戸中が震撼したほどの火事にしては、被害は少なくて済んだ。

「だがよ……海の貯木場は焼けなかったが、陸積みしていた材木はすべて焼けた。自分の店も母屋も裏店も、貸している何十軒という店、『丹後屋』が営んでいた料亭から銭湯、芝居小屋や見世物小屋、何もかもが灰燼となったんだ」

「…………」

「それは、政五郎さんが……幼い頃は、政吉といったらしいが……もう養子に出された後だったから、ご当人は知らないだろうがね。そりゃ、酷え火事だった……その後、『丹後屋』は一家離散だよ。どこで何をしてるか、誰も知らねえ」

「――そうでしたか……」

　寛次が項垂れて聞いていると、古味が割って入った。

「昔話はもういいだろう。寛次、仇討ちとはいえ、これだけのことをしたのだ。覚悟をしておくがよいぞ」

「へえ……」

　熊公に引っ立てられ、奥の牢部屋に連れていかれようとしたとき、壁に張られている数枚の人相書に、寛次の目が止まった。

「これは……？」

「お尋ね者じゃねえよ。深川診療所から逃げ出て行方知れずのボケた爺さんや婆さん、身許の分からねえ預かってる子供、突然いなくなった重病患者らの顔だ……診療所の者の手によるものだが、よく描けてると思うぜ」

「端っこの人は……」

　寛次が訊くと、真っ先に反応したのは、和馬だった。座敷の一角でずっと取り調べの様子を見ていたのだが、

「まさか、そいつを知ってるのか。うちの吉右衛門が、なぜか探し廻ってる」

　と言うと、寛次は振り返った。

「少し痩せてるけど、見たことがある顔だ……ああ、そうだ。もう随分前になるが、俺が政五郎親分の身内なってから、二、三度、『新富屋』を訪ねてきたことがある」

「えっ、そうなのか」

「どういう人かは知らねえが、会うたびに喧嘩腰になって、しまいにはこいつが悪態ついて出ていって……親分は塩撒いておけなんて怒ってましたが、後になると、なんだかしょんぼりしてやした」

「誰なんだ」

「知りません……親分はあまり余計なことは言いませんでしたから」

「ふうん……政五郎親分と喧嘩をな……」

和馬は何か閃いたようだった。

「寛次とやら。『新富屋』は畳んだとのことだが、女将さんはどうしてる」

「まだ、店におりやすよ……番頭だった美濃吉さんと手代の伊助だけは、身の廻りの世話をしていると思いやす」

静かに話した寛次に頷くと、古味に向き直って、

「古味の旦那。吟味方与力の藤堂さんには、くれぐれも良き計らいをと伝えてくれ。多勢に無勢の喧嘩だ。しかも相手は、タチの悪い赤鞘組。だから、俺も助っ人に入っ

た。お白洲では、幾らでも証言するとな」

と言うと鞘番屋から出ていった。

五

川越城下に和馬が着いたのは、寛次の話を聞いた翌々日のことだった。

老中にもなった松平信綱が、寛永の大火の後に作った町並みは今も生き続けている。信綱が普請した川越街道と荒川に繋がる新河岸川によって、江戸へ物資を大量に運ぶことができるようになり、城下を栄えさせた。

武家地、寺社地、町屋などが整然と並んでおり、九斎市などで賑わうという。人々の営みが活発であるのは、江戸とそっくりであった。まさに小さな江戸である。

その町の中心地である多賀町の〝時の鐘〟の近くに、和馬の目指す『新富屋』はあった。間口二十間ほどの立派な大店だが、今は表戸は閉まっており、用事がある者は潜り戸から出入りしていた。

手っ甲脚絆姿の和馬が「ごめん」と入ると、店の中はがらんどうだった。寛次が言ったとおり、番頭と手代がふたりだけで、片付けごとをしていた。

　奥では、五歳と三歳くらいの娘がままごとをして遊んでいる。政五郎の子供だろう。父親が亡くなったことが、まだあまり分からないのであろうか。無邪気な様子が、和馬の胸の奥に何か響いた。

「お武家様、御用はなんでございましょうか」

　番頭の美濃吉が丁寧に問いかけてきたが、侠客一家でもあるだけに、肝が据わった目つきをしている。

「俺は、幕府小普請組旗本、高山和馬という者だ」

「ご公儀の……」

　美濃吉は驚いた顔になったが、どうぞと板間だが上がるように勧め、座布団を出した。和馬は荷物と刀を傍らに置き、

「早速だが、女将さんはいるかな」

　と訊くと、美濃吉は訝しげになった。

「今、ちょっと外に出ておりますが、用件ならば私が伺います。番頭の……」

「美濃吉さんだね」

「えっ……」

「ここにいた寛次という若い衆から聞いたのでな」

「あいつがまた何かやらかしましたか」

美濃吉は身を乗り出して訊いた。心配しているというより、何かを期待しているような目の輝きだった。

「そうではない。主人の政五郎について、少し訊きたいことがあってな」

和馬はあえて、寛次の事件のことは話さなかった。

「親分……あ、いえ、主人のことですか……伊助、女将さんを呼びに行ってくれ」

美濃吉が声をかけると、伊助は「へい」とすぐに店から飛び出していった。美濃吉は恐縮したように和馬を見つめ直し、

「主人は亡くなり、四十九日が終わったばかりなのです」

「そうらしいな。聞きたいのは、この男のことなのだ。何でもいいから、知っていることを教えて貰いたいのだ」

和馬は例の人相書きを見せた。すぐに美濃吉の目の色が変わった。

「知っているのだな」

「え、ええ……でも、この人が何か……」

自分の口からは言いにくそうだった。和馬はそう察したが、あえて尋ねた。

「寛次の話では、金の無心に何度か来たようだが、主人とはどんな関わりなのだ。来

るたびに喧嘩もしていたとか」

「…………」

「何か言えない事情でもあるのかな」

「私は番頭といっても、この三年ばかりのことで……他の店で働いていたのを、政五郎さんに拾われたんです」

「拾われた……」

「ええ。寛次が話したのなら、ご存じかと思いますが、政五郎さんは男を売っており、お役人から十手も預かっておりました」

「そうらしいな。先代の主人、ええと……」

「貴右衛門さんです。私はお目にかかったことはありませんが、城下では知らない者はございません。街道や河岸の普請はもとより、お城から新田開発まで、なんでも請け負っておりやしたから」

　言葉つきや物腰から、この美濃吉という男も素人ではないなと和馬は感じていた。

「らしいな。そうと知ってたら、俺も江戸では公儀普請の〝口入れ屋〟稼業をしているようなものだから、手を借りたのだがな」

「へえ、そうでござんしたか」

しばらくすると、カランコロンと下駄の音をさせて、女将が帰ってきた。崩し島田に黒地に松模様の小袖は、まるで芸者のような艶姿であった。何気なく後ろ襟に手をやりながら、

「江戸のお旗本が、わざわざうちの人のことで訪ねて下さったとか。初めまして、女将のお仙と申します」

と挨拶をした。

商家の内儀というより、やはり任俠一家の姐さんの雰囲気だった。美形というほどではないが、そこはかとない色香が漂う、いわゆる小股の切れ上がったいい女だ。

「お旗本といっても、随分とお若いのですねえ」

お仙は話の糸口を探すように、

「無精だねえ。お茶くらい出しなさいな」

と伊助に命じた。

素直に厨房の方へ行く伊助を見送ると、子供たちにも二階へ行くように促した。何か大事な話になると、思ったのであろう。

「道々、伊助から聞きましたが、寛次のことだというので、また何かやらかしたのかと思いましたよ」

「同じ事を番頭も……」

「ええ、厄介事ばかりでしたから。辛抱が足らないというか、何というか……本当に、寛次は何もしていないのでしょうね」

探るように、お仙は訊いた。和馬は何もないと繰り返すと、ならばどのような用件なのかと不思議そうに見つめた。その瞳は黒くて、吸い込まれそうなほどだった。

「綺麗な目をしてるな。誰もが惚れてしまいそうな」

「えっ……」

「亡くなった旦那さんも、無念だろうな」

「──あの高山様でしたね……寛次のことでないのなら、お話はなんでしょうか」

お仙は少し苛ついたような感じで、訊き返してきた。

「あ、そうだった……この男のことでな」

人相書きを見せると、お仙も驚いて目を見開いた。

「話せば長くなるが、掻い摘めば、俺の奉公人の知り合いの恩人らしいのだ」

「恩人……」

「ああ。だから、この人に会って、いま一度、御礼をしたいのだ。先日、深川に姿を現したのだが、いなくなってな。八方手を尽くして探しているところなのだ」

「あ、はあ……」

「だが、この人が一体、何者なのか、どういう人か分からなくてな。縋る思いで、ここまで来た次第だ」

和馬の話を訊いていたお仙は、おほほと口を押さえて大笑いした。

「やですよ、高山様……この男が誰かの恩人だなんて、あるもんですか、あはは」

お仙は、指先で人相書きをちょこんと弾いてから、素の顔に戻り、

「きちんと申し上げましょう。この人は、亡くなった主人、政五郎の兄です。血の繋がった実の兄です」

「実の兄……」

「はい。寛次も、ここにいる誰もが知らないことです……遥々、江戸から足をお運び下さったので、お教え致します」

きちんとお仙が向き直ったとき、伊助が茶を運んできた。美濃吉も神妙な顔で、帳場があった辺りで聞いている。

和馬の目を射るように見つめて、お仙は話し始めた。

「主人の政五郎がうちに来たのは、四歳のときです。雪が降ってた日なので、よく覚えてます。私はひとつ年上で、丁度、私の娘の年頃です……なんだか、ひ弱そうな子

でした。ですから、私がお姉さん代わりで、遊んでやりました」

「養子だとか」

「そうです。実家は、江戸の深川にある『丹後屋』という材木問屋でした。私は訪ねたことはありませんが、江戸で指折りの大店で、大層な地主でもあったそうな……そこのお坊ちゃんです」

「大火事に見舞われたとか……俺も子供だったが、よく覚えているよ」

「そうでしたか……主人が来たのはその前です。跡継ぎは、清吉という人がいました」

「清吉……」

和馬は、吉右衛門から聞いていた下駄の話を思い出していた。

「それが兄の名前です。跡継ぎには清吉がいるからと、うちに養子に来たんです。『丹後屋』の主人と私の父とは、母方の従兄弟(いとこ)にあたるのです。男の子がいないので、私の父が請うてのことでした」

「それで、あなたと夫婦になった……」

「姉弟(きょうだい)として育ったから、なんだか変でしたけどね、それが一番、安泰だろうと、父が決めました」

「なるほど……で、この人相書きは？」

「兄です。清吉さんです」

キッパリとお仙は言った。だが、口元が少し憎々しく歪んでいる。

「この清吉と、何か嫌なことでもあったか」

「嫌などころか……さっきの火事の話ですがね、見事に焼け野原になって、『丹後屋』には借金だけが残りました。でも、いざとなると人は冷たいもので、一家心中ですよ」

「一家心中……！」

その事実に、和馬は驚いた。

「代々、築いてきたものが、一瞬にしておじゃんですからね。もっとも、私もまだ子供の頃ですから、後で聞かされた話です」

「…………」

「父は侠気（おとこぎ）のある人ですから、なんとか面倒を見ようとしていたみたいですが、早まったことをしたなって嘆いてました」

お仙は少し眉間に皺を寄せて、

「清吉さんが初めて来たのは、もう十年くらい前でしょうかね。いきなり現れたので、うちの人も信じられませんでした。だって、一家心中と聞いてましたから……会うのだって、幼い頃、別れて以来ですからね」

　幸い清吉だけが息を吹き返し、誰か奇特な人に預けられ、育ったそうだ。それから、何処かに奉公に出たものの、何をしても長続きせず、元は大店の子供だったという自尊心もあったのか、きちんと働いたことがなかったという。

「そりゃ人相風体は変わってましたが、面影はあるし、体の痣とかも同じだし、確かに兄だと、うちの人は確信したんです」

「………」

「でも、火事にあってから後のことは、何処で何をしていたのか、あまり語ろうとはしませんでした。ただ、兄弟なんだから金をくれというだけでした」

「金の無心のことは、寛次からも聞いておった」

「ああ……あの子が来てからも、二、三度、清吉さんは訪ねてきましたかねえ……とにかく、初めて来たときに、うちの人は、この店で働けと勧めたんです。働くのが面倒なら、ずっと居候でいいと」

「断ったのか」

「二、三日いたことはありますがね、部屋が狭いだの、飯が不味いだの、厠が臭いだの……文句ばかりですよ。しまいには、『俺はやくざ者の世話になんかならない』って、悪態をつきますからね」

　思い出すだけでも憎らしげに、お仙は厚い唇を〝への字〟に歪めた。俠客の娘らしい、かなり気丈そうな女だ。

「でも、うちの人は気がいいから……父を継いだ俠客としてはいまひとつですが、商売の方はなんとか頑張ってくれました。だから、兄さんの手助けをしたいっていうのに、頑（かたくな）に拒む。そのくせ、金は借りに来る。要するに、怠（なま）け者なんですよ」

　そこまで話して、お仙は深い溜息をついた。そして、和馬の顔をまじまじと見て、

「ですから、正直申しまして、清吉さんが野垂れ死にしようが、罪人になろうが知ったことじゃありません。ただただ、うちも娘がいますから、迷惑をかけて欲しくない。本当にそれだけです」

　とキッパリと言った。

　和馬が訊いたこととはいえ、能弁だなと感じていた。まるで何かを隠すように。

「ですので、もし清吉さんに何があっても、うちには関わりありません。主人は亡くなり、店もこうして……」

「どうして畳むのだ。折角のいい店なのに」

「跡継ぎはおらず、娘ばかりです。養子を貰って、私のような苦労をさせたくありません。それに、女だてらに、俠客も十手持ちもないでしょう」

　お仙はサバサバしたような顔で言った。

「それこそ心機一転、江戸に出て、小料理屋でもやりましょうかねえ……冗談ですよ。生まれ育った川越が好きなので、主人はお金は残してくれたので、しばらく考えます」

「──話はよく分かった。突然に、すまなかったな」

　和馬は軽く頭を下げると、冷めた茶を一口飲んで、潜り戸から出ていった。

　残されたお仙、美濃吉、伊助の三人は、「妙だな」という感じで、お互い顔を見合わせた。美濃吉が訝しそうに目を顰めて、

「おかしいと思わねえか、お仙……寛次のことをほとんど言わなかった」

「ああ、私はてっきり、仇討ちを果たしたって話を伝えに来たのかと思ったよ」

「その逆で、失敗して、役人に何か話したんじゃねえのかな」

「まさか。寛次は何も知らないんだから」

「じゃ、浪人の水野の方が、俺たちのことを……わざわざ、こんな男のために訪ねてくるなんて、おかしいじゃねえか」

美濃吉は、和馬が置いていった人相書きを軽く叩いて、

「一応、尾けてみるぜ、おい」

と伊助を促して表に出ると、和馬が立っていて、ぶつかりそうになった。ドキッとなったふたりを押しやって、和馬はもう一度、店の中に入ると、

「女将……もうひとつ聞き忘れておった」

お仙も驚いて、一瞬、目が泳いだが、膝を整えた。

「なんでございましょう」

「主人の政五郎さんは、なんで亡くなったのだ。病か事故か」

「えっ……寛次から、聞いてないのですか」

「言いにくいことならば、よいが」

「………」

「すまぬ。悪いことを訊いたな。あとひとつ……」

「は、はい……」

「川越といえば、栗より美味い薩摩芋……一番、美味い店があれば教えてくれ。近頃は、芋を煎餅みたいに伸ばして、外はカリカリなかはふっくらというのを聞いたものでな」

屈託のない笑顔の和馬を、お仙たちはますます訝しそうに見ていた。

六

富岡八幡宮近くの『夷屋』は、今日も参拝客が大勢、立ち寄っていた。

客の応対をしていた八兵衛だが、ふと考え事をする顔になっては表に出て、雨の日の男の姿を探すように往来を眺めていた。

「おまえさん……大丈夫ですよ。きっと、見つかりますよ」

寄り添う女房のお光は微笑みながら、気長に待とうと言った。店の中には、人相書きが張られたままである。

日暮れ近くになって、客足が落ち着いた頃、吉右衛門がひょっこり現れた。いつものように穏やかな笑みを浮かべて、

「手掛かりが摑めましたぞ、八兵衛さんや」

と店に入ってきた。

「えっ。本当ですか、ご隠居さん」

「うちの主人が川越まで足を運びましてね。ああ見えて、結構、腰が軽いんです」

「とんでもありません。で……」

「聞いて驚くなかれ、蛙の目ん玉。その人相書きの御仁は、深川一番の材木問屋『丹後屋』の御曹司だったのです」

「材木問屋……」

「しかも、なんと、この店があった辺りに、『丹後屋』があったのです」

「そうなのですか……」

「縁とは不思議なものですね。あなたが、この店が貸しに出ているのを、たまさか見かけたときから、運が付いてきたのでしょう。この草履の主が、清吉さん」

草履を手にして裏を見ながら、記されていたのは職人ではなく、持ち主の名前だったのだ。八兵衛はそれを手にして、

「そうでしたか……この深川の材木問屋の……清吉さん」

としみじみと言った。

「では、その昔、この辺り一帯で大火事のあったという……」

「そうです。残念ながら、今は跡形もありませんが、そのお陰といってはなんですが、違う形の門前町が出来上がった」

吉右衛門は、和馬が川越で仕入れてきた話や寛次の話、町火消の辰三郎らの話から

分かったことを伝えた。一家心中をして生き残ったものの、何処でどう暮らしていたかは不明だったが、養子に出していた弟を頼っていたことなども話した。

「もしかしたら、何か考えることがあって、生まれ育ったこの町に、何年かぶりに戻ってきたのかもしれませんね」

吉右衛門が言うと、八兵衛は俄(にわか)に不安げな顔になって、

「何か考えることって……まさか首を吊るとでも……故郷を見納めにして……」

と言った。

「分かりませんが、頼りの弟も亡くなったそうですから、思い詰めたとも考えられます。ですから、古味さんら町方の役人や岡っ引、自身番の番人、辰三郎さんら町火消の人たちにも、懸命に探して貰ってます」

「手遅れにならなければいいが」

八兵衛も思わず飛び出していこうとしたが、吉右衛門は止めた。

「探すのはみんなに任せて、八兵衛さんはここでドンと構えていましょう。もしかしたら、また訪ねてくるかもしれない」

「来るでしょうか……」

「その草履を見て、懐かしんだのでしょ。清吉さんは、まだあなたが、品川宿にいた

物乞い同然の子供だったとは知らない。人相書きの人が、間違いなく清吉さんならば、もう一度、草履を見に来るような気がします」

「なら、いいのですが……」

吉右衛門の思いを八兵衛も期待したが、その日も次の日も、清吉は現れなかった。

裏庭の梅の花が急に咲いて、ホトトギスが鳴いた朝、奇跡の光が射し込んできた。

八兵衛は毎日、朝早く富岡八幡宮に拝みに行くのだが、表戸を開けようとしたとき、人相書きの男が立っていた。

いかにも辛そうに腰を屈めている。

「清吉さんですね」

思わず、八兵衛は声をかけた。男は自分の名を呼ばれて、目を丸くした。

「そうなんですよね……みんな、あなたを探していたんですよ」

もう二度と逃がすものかという感じで、八兵衛は清吉の体を引くと、気を失ったかのように倒れかかってきた。必死に支えた八兵衛は、手代たちを呼んで、近くの薬種問屋へ気付け薬を貰いに行かせた。その上で、深川診療所まで運んだ。

「――まったく人騒がせな男だ」

藪坂甚内は迷惑そうに文句を言いながらも、清吉の容態を見極め、千晶に薬を処方した。体のあちこちにガタがきているようだ。心の臓の鼓動は遅く、肝も悪く、胃腸も細くなり、すっかり衰弱していた。

丸一日、病室で寝かされていた清吉が目を覚ましたときは、自分がどうしてここにいるのか分からない様子だった。

枕元には千晶と一緒に、八兵衛が座っていた。

「あ、気付きましたね、清吉さん」

八兵衛は思わず清吉の手を握りしめて、

「よかった。ああ、よかった……私ですよ、分かりますか。『夷屋』八兵衛です」

「あ、ああ……」

「あなたのお陰なんです。今日の私があるのは、本当にあなたの……」

言いかけて、八兵衛は感極まった。だが、清吉の方はまだ少しぼうっとしている。

「ようやく分かった。あの時、私に草履をくれた人が……〝若君〟は、あなただったのですね、清吉さん……」

傍らに置いてある例の子供の草履も見せて、

「鼻緒留めの金具……この鶴は、『丹後屋』の家紋だったそうですね。お父さんが、京丹後の出で、冬になると美しい鶴が舞い降りるとか……ええ、昔の『丹後屋』のことを、よく知っている人たちに聞きました」

「…………」

「こうして二十年振りに会えました。改めて深く御礼申し上げます。あなたのお陰で、私はなんとか生きてこられました……本当にありがとうございました」

呆然としている清吉に、八兵衛は吉右衛門に話したことを、ゆっくりと丹念に聞かせた。清吉は時々、瞼（まぶた）を閉じたり開けたりしながら耳を澄ませていた。

ひとしきり八兵衛が話し終えると、清吉は起き上がろうとした。千晶は背中を介添えしながら、水を少し飲ませた。

「ありがとう……」

掠（かす）れたような声で、清吉は礼を言ってから、八兵衛の顔を見た。

「――そう言って下さってありがたい……ありがたいが……私は覚えておりません」

「いいのです。覚えてなくても、私なんか通りすがりの物乞い同然のガキですから……でも、嬉しかったんです。この草履を貰って、本当に嬉しかった……ほとんど裸足で暮らしていた私には、凄い宝物でした」

八兵衛が切実に訴えると、清吉は小さく頷きながら、吉右衛門と同じようなことを、ぽつりと言った。

「それは、あなたの心がけが良かったからです……私のお陰なんかじゃありません」

「でも……」

「あの頃の私は、かなりのお坊ちゃんですから、我が儘のし放題。きっと、その草履も気紛れで、あなたに上げたのでしょう。気に入らないものがあると、すぐに投げ捨てる癖もありましたから」

「…………」

「二十年もかけて再会したのが、こんな私で申し訳ないくらいです」

「そんなことは、ありません。たしかに、あなたの気紛れだったかもしれませんが、その時のことを、私はハッキリと覚えております。情けをかけてくれたんです。たとえ、それが一瞬の思いであっても、私にとっては永遠の恩なのです」

　懸命に語る八兵衛に、清吉は微笑みかけたが、やはり自己嫌悪のような顔になり、

「——お恥ずかしい限りだ……あなたに比べて、私は自分の身の上を憐れみ、何もかもを火事のせい、世間のせい、人のせいにして生きてきた……みっともないとは、金のあるなしじゃない……こういう生き方をしてきたことなんですね」

　と物静かに語った。

「自分なりに、何とかしようと思ったときもありますが、所詮は乳母日傘で育った身。

手に職もなければ、辛い仕事を我慢する性根もない……ないない尽くしで、それこそ物乞い同然に暮らしてきました」

「………」

「頼りにしていた弟からも引導を渡されましてね……金の無心をできる相手もいなくなった……はは、自業自得ですがね」

寂しそうに笑ったとき、八兵衛は言おうかどうか迷ったが、意を決するように、

「その弟さんも、亡くなられたそうですね」

「えっ……？」

「やはり、ご存じなかったのですか」

「知らない……それは、い……いつのことですか」

清吉はおろおろと狼狽し、八兵衛に抱きつくようにして訊いた。あまりの衝撃だったのか、咳き込んだ。千晶はすぐに背中をさすり、また水を少し口に含ませた。

「い、いつのことです……私は三月ほど前に会ったばかりです。その時も金を借りよう、いや貰おうとしたのですが、その時は一文たりともくれず、『二度と来るな』と突き飛ばされました」

「そんなことが……」

「だから、もう覚悟を決めて……でも、せめて一度だけ、深川の海を拝もうと……ねえ、本当ですか、あの政吉が……」

長じて政五郎と名乗っているが、元々は政吉というらしい。

「どういうことですか……なんで、政吉が……まだ三十前ですよ」

しがみつく清吉を支えながら、八兵衛は吉右衛門から聞いた話を伝えた。

川越城下で乱暴狼藉を働いていた水野という浪人集団を咎めたこと。その逆恨みで、なぶり殺しにされたことを聞いて、清吉は頭を何度も何度も振った。

「言わない方がよかったですね……」

八兵衛が申し訳なさそうに言うと、清吉は少し冷静さを取り戻したものの、怒りを嚙みしめるような目で訊いてきた。

「で、殺した奴らはどうなったのです。お上は裁いたのですか」

「寛次という政五郎さんの子分が、仇討ちをしました」

「仇討ち……」

「富岡八幡宮の境内でのことです。私も後で聞いて驚きました。でも、相手の五人はみな怪我をしただけです。水野は重篤で、恐らく二度とまっとうに動けないとか」

「だから言わんことではない。俠客などを気取るから、そんな目に……」

憤懣やるかたない言い草だったが、詳しくは知らない清吉は言葉が続かなかった。
だが、清吉は、元々、政吉は俠客には向いてない性分だったと言った。
「養子に出されたことが、不幸の始まりだったのかもしれない……なんということだ
……兄弟が揃いも揃って……」
運命を呪うかのように、清吉は嘆いた。
「それで、店の方は……」
「畳んだらしいですよ。女将さんには、商売を続けるのが難しいらしいので。なんと
かお子さんを育てることはできるとか」
「——なんということだ……」
言葉にこそしないが、何の夢もなく、もう生きる気力もなくなった。そんな思いな
のか、清吉は深い溜息をついた。
「こんなことなら、政吉の言うとおり、川越の店で働いてやりゃよかった……言って
も詮無いことですがね」
そう言って目を閉じたが、しばらくして、清吉はふいに立ち上がろうとした。何か
に突き動かされるように、表情も硬くなった。
「まだ出歩かない方が……」

千晶が心配そうに肩を押し戻そうとすると、清吉は初めて強い声を放った。

「違う……政吉は……政吉は殺されたんだ」

「はい。ですから、それは……」

「そうじゃない。違う、違う。殺したのは、浪人じゃない、違う違う」

頭がおかしくなったように、暴れ出しそうになるのを八兵衛は抱きかかえた。様子がおかしいと気付いた藪坂と見習い医師たちも近づいてきて、

「清吉さん。しっかりして下さい。大丈夫ですから。誰も、あなたを殺しに来たりしませんから、さあ清吉さん」

と半ば強引に押さえつけながら、気付け薬を飲ませるのであった。

その憐れともいえる姿を見て、八兵衛は余計なことを言ったと悔やむのだった。

七

深川〝鞘番所〟から、南茅場町の大番屋に、寛次が移されたのは、その日の夕暮れ前のことだった。

朝からずっと厄介な吟味が続いたのか、与力の藤堂俊之助は疲れている様子だっ

た。それでも、寛次の事件は今日中に片付けないと、明日のお白洲に間に合わない。吟味方与力が扱うのは予審で、町奉行が行う本審でひっくり返らないように、入念に調べておく必要がある。

大番屋のお白洲代わりの土間に座らされた寛次は、すっかり覚悟を決めているのか、妙に爽やかな顔つきだった。

相手の水野幸之助ら、赤鞘組の浪人たちは、藤堂の手下の与力と同心が、拘置されている〝鞘番所〟まで出向いて、すでに調べている。それぞれ怪我をしているので、藪坂が臨席しての取り調べだった。

藤堂はすでに、古味の捕物帳を入念に読んでおり、後は事実関係を確認し、浪人たちの話との食い違いを吟味するだけだった。古味も同席している。

「川越の普請請負問屋『新富屋』の主、政五郎の仇討ち……とあるが相違ないか」

「はい」

「そもそも仇討ちは御法度である」

「承知しておりやす。ですが、あいつら……」

「訊かれたことだけに答えよ」

「――へい……」

藤堂のきつい言葉に、寛次は首を竦(すく)めた。

「水野幸之助たちは、政五郎を殺してなどいないと言い張っておる」

「そんな……」

「古味が調べたときから、おまえとは富岡八幡宮で初めて会い、因縁をつけられたと。川越の『新富屋』のことも知らないとな」

「出鱈目(でたらめ)です。俺の親分は……」

「殺されたことは、こっちも調べておる。だが、水野たちがやったことかどうかまでは、川越藩の町奉行も分からぬとのことだ。何者かに闇討ち同然に殺されたのは確かだがな」

「嘘だ……」

「おまえが、奴らを下手人(げしゅにん)と確信した根拠はなんだ。殺すところを見たのか」

「あいつらが宿場で大暴れして、それを親分が止めたところには、俺もいたから、ハッキリと見ました」

「その逆恨みで殺された……と、おまえが思い込んだだけなのではないか？」

「――親分が今際(いまわ)の際に、水野にやられたとハッキリ言ったんだ。それは、女将さんや番頭さんも聞いてる」

「さようか。だが、政五郎自身が勘違いをしたのかもしれぬぞ」

「どうして、信じてくれないんですか」

「人殺しをしようって奴を、信じろという方が無理があろう」

あくまでも冷静に対応する藤堂に、寛次は苛ついた。

「だったらいいよ。俺を打首でも獄門にでもしておくんなせえ。あっしは一刻も早く親分の所へ行って、仇討ちに失敗したと謝ります。それでいいですよ」

自棄(やけ)気味に言う寛次に、藤堂は相変わらず冷ややかな目で訊いた。

「私は真実を知りたいだけだ。そして、きちんと法に則(のっと)って裁かなければ、殺された政五郎も浮かばれまい」

「だったら……俺は正直に言ってやす」

必死に訴える寛次の目は、悔しさに満ちていた。

「では、いま一度、尋ねる。水野幸之助ら四人を斬ったことは間違いないな」

「ありません」

「相分かった。ならば、明日、お奉行のお白洲にて、喧嘩に至った理由を正直に述べて、沙汰を待つがよい」

「水野らが親分を殺したことは、どうなるんです」

「それはまた別の話だ。川越藩で起こったことゆえな、向こうでの調べを待って、こちらも対応する」

「そんな……」

「以上だ。今宵は、この大番屋の牢に留めるゆえ、さよう心得よ」

「——あんまりだ。これじゃ、親分が浮かばれねえ……あまりに酷すぎる」

寛次が嘆いたとき、サッと扉が開いて、縄に縛られた男がふたり、土間に転がり込んできた。押し倒したのは、熊公であり、その後ろから、和馬も入ってきた。

藤堂は不快な顔つきになって、和馬を睨んだ。

「そう怖い顔をしないで下さいよ、藤堂さん。また、おまえかって顔をしてますよ」

「困ります……いくら旗本でも、ここは町奉行所支配の大番屋ですから……」

「知ってるよ。だから来たんです」

和馬は転がっているふたりを指して、

「そこな寛次が仇討ちした訳を、こいつらが話してくれると思いますよ」

「ええっ？」

藤堂が訝しげに見ると、熊公がふたりの男を座らせて、顔を上げさせた。それは、美濃吉と伊助だった。寛次もあっと見て、

「番頭さんに、手代の伊助じゃねえか」

と驚いた声を洩らした。

おもむろに和馬は、藤堂の前に立って、

「今、寛次が言ったとおり、こいつらは川越の『新富屋』の番頭・美濃吉と手代の伊助です……藤堂さん、明日のお白洲の前に、こいつらの話をキチンと調べておいた方がよいと思いますよ。寛次の仇討ちの裏付けにもなる……もっとも、仇討ちの相手を間違えていたともいえるがな」

と意味深長なことを言った。

「どういうことです、高山さん。分かるように話して下さい」

「うむ。そうこなくちゃな、川越まで往復した甲斐がない。こいつら、事もあろうに、俺を斬ろうとしたのだ」

「……一体、何があったのです」

「篤と聞いて下さいよ、藤堂さん。古味の旦那もね」

和馬は微笑むと、『新富屋』から帰りのことを話した。

「こいつらは、俺が清吉のことを調べに行っただけなのに、政五郎殺しについて探索に来た公儀の手の者だと誤解した」

「清吉……？」

和馬は清吉について手短に話し、政五郎と兄弟関係にあることも述べてから、事件の続きを述べた。

「しつこく俺のことを尾けてくるので、妙だと思ってカマをかけたら、あっさりと白状しやがった。だから、俺の屋敷まで連れてきて、お白洲のときのために、捕らえておいたのだ」

「何を白状したのだ」

「聞いて驚くなかれ。政五郎を殺したのは、水野たちに違いないが、それを金で雇ったのは他でもない。女房のお仙だ」

あまりにも意外なことに、寛次が素っ頓狂な声を上げて、

「嘘だ、そんなこと……！」

と必死に否定したが、和馬は『新富屋』を訪ねたときから、お仙と美濃吉の様子から、薄々勘づいていたと言った。

「お仙と、そこな美濃吉は、前々から理無い仲で……亭主を殺して店を畳み、自分たちだけで暮らそうと考えていたらしい……そんなとき、水野たちがたまたま大暴れして、俠客で十手持ちでもある政五郎が止めに入った」

「うむ。それで……」

「事は収まったが、水野たちは逆恨みをして政五郎を殺す……という筋書きを、美濃吉が考えて、金で水野らを雇ったんだ」

「……………」

「事は上手(うま)くいった。お仙は亭主を殺された憐れな女房を演じきり、寛次……おまえに仇討ちまで煽(あお)った」

寛次はまだ信じられないとばかりに、和馬を見上げている。

「おまえは身内の中で一番の腕利きだ。あんなヘボ浪人を殺すのは雑作(ぞうさ)もなかろう。それで、水野を殺しさえすりゃ、美濃吉が仕組んだことも闇に葬れる……一石二鳥だな」

「……………」

「おまえも利用されたんだよ、寛次……」

和馬に言われて、寛次は愕然(がくぜん)となった。藤堂の問いかけに、美濃吉と伊助は、あっさりと認めざるを得なかった。

「だが、俺たちゃ、政五郎に手を出しちゃいねえからね。嫌なら断りゃいいんだ。金に転んで殺したのは、あのバカな浪人たちだ。人殺しはあいつらだ」

「それが事実だとしても、唆(そそのか)したおまえたちも同じ殺しの罪だ。さらに、御定書(おさだめがき)七十一条には、主(あるじ)殺しと夫殺しにはこうある。二日晒して、一日引き廻し、さらに鋸引(のこぎりび)きの上、磔(はりつけ)の刑だ」

美濃吉と伊助は恐怖に震えた。

「いや、俺たちは、ただ頼まれただけで……へえ、あの毒婦みてえなお仙に……」

ふたりして、すべてをお仙になすりつけようとしたが、藤堂は「黙れ」と厳しい声で制した。

「今から、改めて取り調べるが、明日のお白洲には、寛次、そして怪我を負っている水野たちも引きずり出される。おまえたちも当然、裁きを受けるから、その場で正直に話すがよい」

と命じるのだった。

「藤堂さん、どうぞ、よろしく頼みましたぞ」

和馬は妙に爽やかな笑顔で、後は任せたとばかりに立ち去った。

翌日——。

北町奉行所で、遠山左衛門尉の裁決を受けた寛次は、辰三郎の「自分が預かる」という嘆願も叶わず、遠島となった。

多勢に無勢ゆえ、もっと軽い刑かと誰もが思ったが、人を一生動けないほど怪我を負わせた罪は重い。たとえ理由がどうであれ、また利用されたとしても、情状は「死罪にしない」という程度で留まったのだ。

だが、御赦免花が咲けば、すぐに戻ることができよう。二十年に一度だけ咲くといわれるが、丁度、来年くらいは咲きそうだ。

水野たちによる政五郎殺しについては、支配違いであるから、改めて川越藩との協義によって吟味の上、裁断されることとなった。が、すぐにお仙の身柄は、先触れによって、藩役人が捕らえ、江戸町奉行所から与力らが出向くことになった。

この日のお白洲には、清吉も証人として出向いた。政五郎との兄弟関係であることを話すとともに、最後に会ったときに、

「――二度と来るな。でないと、兄貴も番頭に殺されるぞ」

と震えていたことを思い出したと話した。

政五郎は養子ゆえ、女房の尻に敷かれていたのは、何度か訪ねたときにも分かっていた。が、先代から仕えていた番頭が隠居し、新しく来た美濃吉は、どうも得体の知れない奴だと思っていたという。

いずれにせよ、弟には可哀想なことをした。兄らしいことは何ひとつできなかった

と、悔やんでも悔やみきれないと泣いた。

お白洲が終わってから、和馬に伴われて、清吉は深川まで戻ってきた。誰かついていないと、絶望のあまり自殺するかもしれないと、和馬が判断したからである。

富岡八幡宮表参道の『夷屋』に来たとき、八兵衛は愛嬌ある夷顔で迎えた。そこには、もちろん吉右衛門も待っていた。

「お疲れ様でしたな、清吉さん……まずは軽く一献、如何でしょうか」

吉右衛門が言うと、お光が厨房から燗酒の入った銚子(ちょうし)を運んできた。盆には、目の前の海で獲れたばかりの白魚(しらうお)や小鰭(こはだ)の酢締め、焼き穴子(あなご)などもある。

「いや、私なんかのために、こんな……」

恐縮する清吉に、遠慮は無用とばかりに、八兵衛が強引に杯(さかずき)を持たせ、酒を注いだ。吉右衛門は和馬に注いだ。

「それでは、今日までの清吉さん、さようなら。明日からの清吉さんに、乾杯」

和馬が発声すると、手代たちもみんなで一斉に飲んだ。

一拍遅れて、清吉もぐいっと開けて、空(から)になった杯をしみじみと見つめ、

「申し訳ありません……なんと御礼を言ったらいいか……」

とまた謝った。

「いえ。何度も言いますが、御礼を言うのは私の方です」

八兵衛はもう一杯、と注いだ。それを、ぐいっと呷った清吉の前に、吉右衛門が風呂敷包みを差し出した。

「明日から、これをお召し下さい。その着物は八兵衛さんのでしょ。私が見立ててきました。ええ、日本橋の『長門屋』という知り合いのお店でね」

風呂敷を開けると、大島紬の立派な着物と羽織だった。

すると、今度は、八兵衛が、雪駄を持ってきて、着物の側に置いた。

「私が夜を徹して作ったものです。清吉さんの足に合わせて作りましたから、ぴったりだと思いますよ」

「えっ……私の足に……」

「診療所で寝ているときに、こっそりと寸法などを計っておきました。はは」

「――みなさん、どうして、私なんかに……」

清吉はまた涙ぐみそうになったが、吉右衛門はニコリと微笑んで、

「この辺りじゃ、当たり前のことですよ。あなたのお父さんの世話になったと、覚えている人も深川には、まだ沢山おります」

「深川に……」

「もし、できれば、またこの町で出直してみてはどうですか」

八兵衛は励ますように、

「私の雪駄を履いて、まずは一歩から」

「こんな私にできるでしょうか」

不安げに言う清吉に、今度は吉右衛門が軽く肩を叩いて言った。

「できますとも。この町には、そういう人が多いですよ。材木問屋も沢山、ありますからね。まだまだ若いんだから。ああ、羨ましい。私の半分も年を取ってない。これから、何でもできるじゃないですか」

「——ありがとうございます……本当にありがとうございます」

清吉は深々と頭を下げてから、雪駄を履いてみた。

「本当にぴったりだ。ああ、こんないい雪駄を履いたのなんて、何年ぶりだろう……ええ、踏み出せそうな気がします」

相好（そうごう）を崩して笑った清吉を、和馬や吉右衛門たちは自分のことのように、喜んで眺めているのだった。

その後、お仙の罪科がはっきりとし、『新富屋』の政五郎が残した財は、実兄の清吉に譲られることとなった。それを元手に、新たに『丹後屋』を要橋（かなめばし）近くの吉永町（よしながちょう）

に作り、政五郎の娘ふたりを、自分の子として育てることとなった。
八兵衛と清吉が、その後も、実の兄弟のように付き合ったことは語るまでもない。

第三話　いのちの種

一

上総一宮からほど近い貝原という村でのことである。

海辺のちょっとした高台に、納霊堂という小さな御堂があった。ここからの大海原の眺めは素晴らしく、遙か遠くの水平線まで綺麗に見える。大きな白波が押し寄せては引き返す光景も、人の心を癒してくれた。

もっとも訪れる者は少なく、地元の村の子供たちがたまに登ってきて、樹木に覆われた御堂の周りで、隠れんぼや肝試しをして遊ぶくらいであった。

納涼と納霊をかけているのだが、昔からの墓も何基か並んでいる。

ほとんどが先祖や漁に出て帰らなくなった人だというが、行き倒れの無縁仏もある。

納めている霊が時々出てきては、人々に悪さをするという噂もあった。

その噂が此度は、まことになった。

今から三月ほど前、庄屋の息子夫婦が原因の分からない病になって、突然、苦しんだ挙げ句に死んだ。

村医の笠井順庵の診立てでは労咳ということだった。

労咳は重い肺の病で、現代でいえば結核である。結核菌は煮沸してもなかなか死なず、逆に冷暗所で乾燥している所ならば、数ヶ月は生きているという。感染力は強く、人から人に移るので、江戸のような大きな町で蔓延することも繰り返されてきた。

それゆえ、貝原村の庄屋の家には、人は近づかないようにしていた。しかし、村民の中には明らかに労咳のような症状が出る者が増えたため、順庵は患者を、この納霊堂に隔離して、治療に当たっていた。

薬草を煎じて施していたが、なかなか良くならず、亡くなる者もひとりふたりと増えていった。

順庵は患者の肌にできた膿などから、疱瘡を疑った。天然痘のことである。この病も太古の昔から、人々を苦しめてきた。戦国時代には大流行し、江戸時代になっても三十数年に一度、多大な災厄を及ぼしていた。

順庵は近隣の村医や、上総一宮にある旗本陣屋を訪れて村の様子や事情を述べ、幕府に協力の要請をした。蔓延することを恐れたからである。

一宮はかつて里見氏の領地だったが、江戸幕府の支配地となり、徳川吉宗が八代将軍になったさい、紀州から連れてきた加納家を旗本とし、その采地とした。その後、十五ヶ村に広がり、一万三千石の領地となっている。

高山家も一宮とその周辺六ヶ村から、俸禄を受けている。海岸沿いの町が多いため、漁労に就いている領民が多かったが、新田開発などにより、温暖な気候も相まって、豊かな田園も広がっていた。また元禄年間からは、酒造や醤油醸造も盛んになり、豊かな土地柄であった。

上総と下総を結ぶ往還には、二階建て切妻造りや寄せ棟の建物が多く、ナマコ壁の家や土蔵造りの店が並んでいる。

上総国一宮である玉前神社へ参拝する者も多く、賑やかな往来だった。この神社には、神武天皇を産んだとされる玉依姫命が祀られており、〝上総裸祭り〟や〝上総神楽〟の折には、さらに人の交流が増えた。

それゆえ、順庵は此度の病を、貝原村だけに留めておきたかったのだ。当時は、〝ころり〟と恐れられるコレラか、疱瘡かなどは症状や後遺症などから判断するしかない。いずれにせよ、労咳患者は納霊堂に隔離されて治療を受けていた。

だが、幕府が手を打つ前に、突然の不幸が訪れた。

ある夜のことである――。

納霊堂では、疫病を退治するため、密教僧が来て、護摩供養をしていた。

御堂前には松明が焚かれ、御堂では護摩木を重ねた炎の前で、黒い法衣の僧侶が祈禱を行っていた。

順庵や患者数人もおり、まさに神仏の加護に縋る思いであった。

その頃、御堂に向かう緩やかな坂道を、息を潜めて、静かに登る一団がいた。いずれも頬被りをし、手拭いで口を覆い、手には竹槍や草刈り鎌、道中脇差しなどを持っている。物騒な一団は、徐々に御堂に近づいた。

行く手は煌々とした松明の明かりで、くっきりと御堂の中の様子も見える。

先頭にいる三代治という百姓が、後ろから来ている仁助らに後ろ手で、御堂を取り囲むように指示した。息を潜めて散った百姓衆の数は、五十人は下らない。

御堂の中では、太鼓や木魚を激しく叩き、読経も大きく唱えている。ゆえに、百姓衆の足音も掻き消されていた。

海からの冷たい夜風が吹いて、松明の炎が大きく揺れた。だが、御堂の中の順庵や患者数人らは、まったく百姓たちに取り囲まれていることに気付いていていない。

　事件は突然、起こった。

「天誅――！」

　三代治が大声を上げながら、竹槍で真っ先に順庵を背中から突いた。あまりにも、いきなりのことで、順庵は何が起こったのかも分からぬまま、悶絶しながら床に倒れた。

　声も発さないので、読経していた僧侶も気付かなかったほどだ。

　御堂の片隅にいた数人の患者も、声にもならず、ただ狼狽して逃げ出そうとするだけであった。老人、子供、働き盛りの男、中年女に若い娘らだった。

「ひ、ひええ！」

　中年女が凄まじい悲鳴を上げた。その声に驚いて僧侶が振り返ったときには、ドッと十人ばかりの百姓衆が乗り込んできて、問答無用とばかりに竹槍や鎌で、患者たちに次々と襲いかかった。

　御堂は狭く逃げ場などない。抵抗する間もなく、患者たちはその場で絶命した。一瞬のうちに壁や天井が血で染まった。

「な、何をするか！」

僧侶は立ち上がり気丈に怒鳴ったが、百姓衆たちに怯む様子はない。むしろ、獣のような目つきになって、

「お坊さんには何の恨みもないが、死んで貰うよ」

「何故だ。おまえたち、どうして、かような酷いことをするのだ」

「村を守るためだ。悪く思わないで下さいよ。南無阿弥陀仏」

念仏を唱えるのが合図のように、僧侶までも、百姓たちは無惨にも竹槍で突き刺した。カッと目を見開いて仁王立ちの僧侶は、一歩、二歩と百姓たちに歩み寄ったが、三代治が突き飛ばすと、仰向けに倒れた。

そのまま護摩壇の炎の上に背中から倒れ、火が祭壇や壁、注連縄などに燃え移った。乾燥していたせいか、火はあっという間に御堂全体に広がり、炎の塊となった。猛然と炎が空に向かって立ち上がり、竜巻のような渦となる。それが近くの樹木に燃え移り、じわじわと火が大きくなり、御堂の周り一帯が真っ赤に燃え広がった。

百姓たちは思いがけぬ火事に驚いたが、

「これでいいのだ。ああ、これで」

と三代治は勝ち鬨のような声を上げると、他の者たちも連呼した。

一同は、燃え盛る御堂に向かって深々と一礼すると、南無阿弥陀仏と唱えながら、

来た坂道を急いで下った。

　御堂のある高台の森は、一晩燃え続けたが、幸い、明け方に降った雨と湿った潮風のせいか、御堂の周辺だけで鎮火した。

　その日のうちに――天領の代官所役人が徒党を組んで、貝原村に押し寄せ、三代治と仁吉、その他、数人の幹部を捕らえた。

　人殺しと付け火の下手人として、すぐに代官所のお白洲に引きずり出されたのだ。

「貝原村百姓代・三代治。おまえが首魁となって、在村医・笠井順庵ならびに患者五人、さらには一宮城下の真言宗僧侶・増徳を殺害し、火を付けたるは明らかである。さよう相違ないな」

　代官の河本が問いかけると、三代治は覚悟を決めた顔つきで、素直に答えた。

「間違いございません」

「何故、かような残忍極まりないことを行ったのだ」

「あっしは百姓代として、村人四百余人、いえ、周辺の村十五ヶ村、五千人の命を守るために、やむを得ないことでした」

　村方三役の、庄屋、組頭、百姓代が村政を担う。

　三代治はまだ三十前だが、百姓衆からの信頼は篤く、いずれ庄屋になる人材だと思われていた。庄屋は必ずしも世襲ではなく、〝入れ札〟といういわば選挙によって選ばれる。三代治はそれほど、多くの村民に慕われていたのだ。

「村民の命を守るとは、どういうことだ。順庵も村民であるし、養生していた患者たちも村民ではないか」

「御代官様……我が貝原村は、疱瘡が広がるかもしれない。だから、善処して欲しいと、順庵先生も、私ら村役人も随分前に訴え出たはずです」

「だから、なんだ」

「しかし、一向に何の手立てもして下さらず、順庵先生ひとりが献身的に、治療を施して下さっておりました」

「その順庵をなぜ殺したと訊いておるのだ」

「順庵先生も、疱瘡に罹(かか)ったからです。患者は今のところ、納霊堂に閉じ込められていた五人ですが、他に移ってからでは遅い。村には小さな子供から年寄りまで沢山(たくさん)いる。あっしの村だけでなく、隣接している村にも……もし、その人たちに疱瘡が移れば、御代官様はどうなさるおつもりですか」

「――だからといって、殺してよいことにはならぬ」

「なります」

三代治は目をぎらつかせて言った。その威圧的な顔を、河本は代官としての誇りが許せなかったのか、「無礼者」と罵（ののし）ってから、

「人を殺してよい道理などは、ない」

と強く言い返した。

だが、三代治はまったく揺るぎない態度で、

「ならば、一昨年の大嵐のとき、土砂崩れが起きましたが、その折、御代官様は如何（いかが）、なさいましたか」

「なんだと……」

「小さな村は、大きな村の犠牲になれと、我が村の片隅は放っておかれ、人数の多い村を先に助けました。その間に、我が村の集落は生き埋めです」

「——それと、これとは……」

「同じです。大勢を助けるために、少数が犠牲になる。そのことを、あっしは御代官様から学びました」

「屁理屈（へりくつ）を申すな」

河本は怒り心頭に発して声を荒げたが、三代治は強い口調で続けた。

「此度、犠牲になった順庵先生、病人たちは、きっと分かってくれると思います。あ

の場にいては、増徳和尚も移っていることでしょう。仏道に仕える身です、理解してくれると思います」

「そういうのを、勝手な御託(ごたく)というのだ。自然災害や疫病による災厄と、人殺しを一緒くたにするな。おまえがどう理屈を捏(こ)ねようと、人殺しに変わりはない。極刑に処す」

「元より覚悟の上でございます。逃げも隠れも致しません」

三代治が壇上の河本を睨み上げる目は、もはや常軌を逸していた。間違った理念を正しいと思い込む、悲惨な顔でしかなかった。

二

貝原村での惨劇は、代官所領内だけで〝箝口令(かんこうれい)〟が敷かれ、外に洩れることはなかった。だが、三代治の身勝手な理屈をもってしても、疫病を防ぐことはできなかった。

高山和馬が、貝原村で疱瘡が流行(はや)っているという報を得たのは、自分の領民が直訴に来たからである。

上総一宮の外れにある六ヶ村(ろっかむら)から、高山家は俸禄を受けていた。その周辺には天領の他に、大名領や旗本領が入り組んである。関八州（かんはっしゅう）はどこでも、支配がややこしい。これは、江戸に近いため、謀反（むほん）や一揆（いっき）が起こりにくくするためである。

形ばかりとはいえ、和馬も領主なのである。

もっとも、ふつうなら旗本領に出向く領主などはいない。だが、和馬は海が大好きで、殊（こと）に大海原に船で漕ぎ出して、ちょっとした冒険気分を味わいたくなるときもある。ゆえに、江戸を離れて、陣屋代わりにしている鷹（たか）狩り小屋に出向くこともあった。その際には、庄屋の又左衛門（またざえもん）の世話になっている。直訴に来たのは、その倅（せがれ）の利助（りすけ）であった。まだ十七、八の若い衆だ。

又左衛門の村は、高山家の所領地のうち最も大きな、波野（なみの）という村だった。といっても、作付け面積は三十町ほどで、村高は二百五十石、人の数は三百人にも満たない。当時の平均的な村の半分くらいの規模である。さらに小さい村が五ヶ所あって、総村高が五百石ほど。まさに貧乏旗本を裏付けるような状況だった。

しかし、これには実は裏技がある。

米には年貢（ねんぐ）がかかるが、麦にはかからない。和馬は米の石高くらいの麦作りを奨励し、実践させていた。村々は饂飩（うどん）や蕎麦（そば）、味噌などが豊富で美味（うま）い。領民からは、菜の物や山菜、干し魚や味噌、小麦粉なども送ってくれるから、高山家は大助かりだった。

その拝領地のほとんどは、天領の貝原村に隣接しており、疱瘡が流行る危険があると、利助は訴えてきたのである。

早速、和馬は、深川診療所の藪坂甚内を訪ねて、上総の小さな村で起こった話をした。利助も同行させ、詳細を伝えた。

貝原村の惨劇を聞いた藪坂は、衝撃を隠しきれなかった。

「そ、それは本当なのか……信じられない……」

あまりにも愕然となる藪坂の姿を、和馬は初めて見る気がした。

「いや、信じられない……あの笠井順庵が、そんな……」

「笠井先生を、ご存じなのですか」

「長崎に遊学した折、同じオランダ人医師に学んだのだ……ふたりとも御殿医だの藩医にはまったくなる気がなく、町場にあって目の前のひとりを助けようと誓ったのだ」

「そうでしたか……それは残念でした」

「俺はまだ賑やかな江戸にいるが、あいつは縁あって、上総一宮の外れにある小さな村を選んだ。その頃、惚れた女がおってな……温暖な海辺で療養させたかったのだが、やはり労咳で亡くなった」

まるで自分のことのように、藪坂は悔しがった。

「それからは余生だなどとうそぶいて、医者のおらぬ村で、頑張っていたのだが……くそッ。遅かったか」

「遅かったとは、先生……？」

藪坂は短い溜息をついて、和馬を切なげに見つめた。

「実はな……少し前に、順庵から相談を受けていたのだ」

「相談……」

「病人は疱瘡のようだから、種痘(しゅとう)の苗をどうにかできないか、とな」

「種痘の苗……」

「ああ。それを人に植えつけておれば、罹患(りかん)することはないのだ」

天然痘感染の大流行といえば、平安時代で、畿内(きない)から西日本一帯にかけての記録がある。一般庶民はもとより、貴族たちも大勢、亡くなった。

当時、治療方法も薬もなく、重篤になると死を待つほかなかったのである。もし罹れば、治癒しても〝痘痕(あばた)〟ができるので、人々は非常に恐れおののいたという。

この病気は元来、日本には存在しておらず、中国や朝鮮などの地域から、渡来人の移動が盛んになった六世紀半ばから起こった。日本書紀にも天然痘の記録がある。

世界最古の記録は、紀元前十四世紀頃であり、種痘によって天然痘が根絶されたのは二十世紀半ばだから、三千数百年以上もの間、人々はこの病に苦しめられてきたことになる。

江戸時代でも大流行が起これば、特に子供の犠牲が多かった。疫病神のせいだと思われ、魔除けの犬柄（いぬがら）の赤い着物を着せられたりしたが、迷信に過ぎない。

天然痘は飛沫（ひまつ）感染や接触感染によって、七日から十五日余りの潜伏期間を経て発症し、高熱や頭痛、腰痛、さらに顔面に発疹（ほっしん）が現れて全身に広がっていく。発疹は体の表面だけではなく、肺や胃腸にまで出るほど怖い病だが、一度罹ると免疫が出来て、ほぼ再発することはない。

この症状に気付いて、西アジアや中国では、〝痘苗（とうびょう）〟を人体に植えつけるという予防法を作り出した。当初は、種痘を施したことで死に至ることもある、危険な予防接種だった。

種痘の危険性が下がったのは、牛の天然痘である〝牛痘（ぎゅうとう）〟を人間に植え付けるという手法が確立してからである。これが、英国医師ジェンナーが開発した〝牛痘法〟だ。

牛痘の免疫は人にも効果があり、より安全であったため、それを利用するようになった。牛痘法は、マカオを経て、文化年間初頭には日本にも伝わった。『引痘新法全書』という本を参考にして京や大坂、紀州の医者たちが治療を開始し、九州や北陸、江戸など諸国に広がった。

いずれも藩主と御用医師が連携して、諸藩で「痘科」のような専門所を作り対策にあたった。時代は下って天保年間には、適塾で有名な緒方洪庵が大坂に「除痘館」を創設して、薬種問屋街である道修町の商人らとともに、主に子供に対する施薬を行った。

さらに時代は下り、幕末の慶応三年になって、ようやく幕府も種痘所を作り、無料で種痘を受けさせ、被害を食い止めようとした。専門医が隔離した場所で接種したのだが、多くの人々は、病根の同じ苗を植える概念を理解することができず、偏見もあった。

ゆえに半ば強制的に種痘を施したのだが、人々が認知するまでには長い歳月が必要だった。種痘事業はまさしく〝社会奉仕活動〟であり、有名無名の蘭方医、漢方医の絶え間ない努力と為政者の理解があったからこそ、日本でも定着したのだ。

もっとも、中には悪徳医師もおり、危険な〝人痘〟を〝牛痘〟と偽って暴利を貪る者もいたというから、いつの世も「人でなし」はいるものだ。

感染力が強い上に、いつ流行るか分からない不安もあるため、罹患した人を隔離したり、治癒した人でも一定期間、城下町に入れない措置をする藩もあった。

貝原村の話を聞いた藪坂は、愕然となって嘆いた。

「順庵を殺したその村人たちは、まったくの無知蒙昧だ。だが、笑うことはできぬ。似たようなことは、色々な所で起きているからな……疫病のせいなのに、献身的に尽力している医者が毒を撒き散らしたせいだ、という流言飛語で殺されたこともある」

騒ぎの中で米価の高騰が起こり、「感染予防のため魚介類販売禁止」「病人の避難所の僻地移転」などの対策を取ったにも拘わらず、数百人の暴徒による米屋など裕福な家の打ち壊しなども次々と起きた。

近代的な明治時代になっても、コレラに関してだが、誹謗中傷から始まった同様の騒動が各地に広がり、数百人規模の暴動が起き、関係ない人までも竹槍や斧で殺す事態も起こった。さらに商家や医者なども襲い、検疫所や避難病院を打ち壊すという異常事態になっていった。警官隊が阻止しようとして、市民を斬殺したため、さらに暴徒は大荒れに荒れ、しまいには軍隊までが出てきた。

ましてや江戸時代なら、悪霊のせいにしても当然であろう。だが、惨事になる前に、幕府や藩は手立てを打つべきである。病を治すには、予防のため種痘の苗を植えるか、罹患した際に押さえ込む薬を作るしかない。

「──その種痘の苗を、俺は順庵に届けようとしていたところだったのだ」

「あるのですか、種痘の苗が……」

「まだちゃんと効くかどうかは分からぬ。だが、何もしないよりマシだからな……なのに、殺されるなんて……バカな！」

怒りと悲しみが交錯して、藪坂は悔しそうに何度も自分の膝を叩いた。

「お腹立ちなのは分かりますが、貝原で起こった悲劇が、俺の領内でも起こりそうなのです。先生……こいつらを助けてくれませんか」

和馬は、横にいる利助の肩を叩きながら、切実に訴えた。

「疱瘡の広がりを止めることができれば、病を治すことができれば、順庵さんの意趣返しができるのではありませんか」

「…………」

「お願いします」

「ああ、望むところだ。俺にできることなら、なんでもやってやる。この江戸で起こらぬとも限らないからな」

藪坂は歯噛みしながら、凜然と立ち上がるのであった。

三

藪坂は診療所を若い医師や千晶らに任せ、その日のうちに旅立った。和馬と道案内の利助も一緒である。

あとひとり、〝とっかえべえ〟のちょろ吉も一緒である。〝とっかえべえ〟とは、古鍋や古釘など使わなくなった金物と、飴を交換して売り歩いている行商人のことだ。身寄りのない子供がやることも多かった。

ちょろ吉は、〝とっかえべえ〟だけではなく、人の同情を引いては安物の紙や筆、古着などを売る技も持っていた。吉右衛門も騙されたことがある。それ以来、高山家にも出入りしていた。

実は、このちょろ吉に、種痘の苗が植えられている。その膿を患者やあるいは罹患に植えることで予防や治療ができる。種痘の苗は子供で培養するのが良しとされており、すでに小石川養生所でも幾つもの症例や治験が出ていた。

中川船番所のある小名木川から船で荒川を渡って浦安まで行き、さらに大きな船に乗り換え、江戸湾の対岸にある浜野まで行く。そこから、茂原街道をひたすら房総の一宮まで目指す。

緩やかな山道が続くが、江戸より一足早い春が来ているせいか、心地よい風が吹いていた。六地蔵峠を越えたとき、遙か眼下に太平洋の大海原が見えた。

ちょろ吉は思わず駆け出して、

「うわあ。すげえ。でっけえ海だなあ」

と諸手を挙げて叫んだ。

江戸湾しか見たことがない者には、上総や下総の海は無限に広いとしか言いようがない。陽光が煌めき、遙か遠くに航行している弁才船なども玩具に見える。

和馬もしばらくぶりなので、背伸びをすると、藪坂も旅の疲れを忘れると感嘆した。

下り坂を駆け出すちょろ吉に、藪坂が声をかけた。

「転ぶなよ。ここで、おまえに怪我されては元も子もないからな」

余計な雑菌が入って、体の免疫が強く働くと効果が薄れるし、人に植えることができなくなるという。

その時である。

ちょろ吉の行く手に、浪人ふたりと数人のならず者風が現れた。いずれも癖のある顔つきである。かなりの往来もあり、山賊が現れるような雰囲気の道ではないが、浪人たちは明らかに、ちょろ吉を狙っているように、和馬には見えた。

「待て、ちょろ吉！」

和馬が声をかけた次の瞬間、ならず者が素早くちょろ吉に駆け寄り、ふたりがかりで抱きかかえた。

「なんだ、おまえたちは」

藪坂も思わず怒声を上げて近づこうとしたが、頭目格らしき頰に刀傷のある浪人が、躊躇(ちゅうちょ)なく刀を抜いた。無表情で、ちょろ吉の首に当てがって、

「動くな。ガキの命がどうなっても知らんぞ」

と脅した。

「何者だ。金めのものが狙いなら、襲う相手を間違えたようだな」

間合いを取りながら和馬が言うと、頭目格は苦笑し、

「いいから、ここから帰れ。このガキは俺たちが預かっていく」

「おいおい。人攫(ひとさら)いか……ここは天領のはずだ。捕まれば代官に処刑されるぞ」

「残念ながら、佐倉(さくら)藩の飛び地だ」

「ほう。下総の佐倉藩が上総にな……この辺りは天領や旗本領が多いが、佐倉十一万

石の大藩なら、さもありなん」

佐倉藩といえば、慶長年間に老中の土井利勝が入り、また幕末には、やはり老中を務めた堀田正睦が蘭学を奨励し、佐藤泰然という医師を招聘して、順天堂を開いた学問風土がある地である。

「――おまえたちは、佐倉藩の者たちなのか。だから、わざわざこの場所で襲ってきた……一体、何が狙いだ」

近づこうとする和馬に、頭目格が、

「余計なことを詮索するな」

と言うと、ならず者たちが立ちはだかった。

「この先には、俺の領地もある。旗本の高山和馬という者だ。その子を大人しく返せば、このことは目をつぶってやる。むろん、藩主の堀田相模守様にも言わぬ」

和馬は牽制したが、相手はまったく動じていない。

「おまえら、もしや俺たちが誰かと知って襲ってきたのか……」

図星を指されたようだが、相手は黙っていた。今度は、藪坂がズイと踏み出した。元は武士ゆえ、多少は腕に覚えがある。

「待て。その子には、種痘の苗を植えてある。上総の村の人々を助けるために旅をしている途中だ。どうか通して欲しい」

「嫌だと言ったら」

「分からぬのか。おまえたちも、貝原村の惨劇を耳にしているであろう。あのようなことが起こらぬように……」

「うるさい。黙れ」

頭目格は声を強めて、切っ先を和馬と藪坂に向け、ならず者たちに命じた。

「早く連れていけ。邪魔立てするなら、こやつらは俺が斬る」

もうひとりの浪人も抜刀し、和馬の前に立った。その隙に、ならず者たち三人は、ちょろ吉を連れて山道を下っていこうとした。

その時、「ギャア」と悲鳴を上げて、ならず者のひとりが飛び跳ねた。ちょろ吉が思い切り金玉を蹴ったのだ。

一瞬の隙に、ちょろ吉は素早く駆け出して、一目散に坂を下り始めた。その勢いはまさに脱兎の如くで、大人ですら追いつけないであろう。ならず者たちも駆け出したが、石に躓いたのか、激しく転倒した。

伊助は、ちょろ吉を守るために、すぐに走って追いかけた。

驚いて振り返った浪人たちに、和馬は間合いを詰めて抜刀した。三つも数えないうちに、和馬は相手の刀を弾き飛ばし、小手や膝を峰打ちした。さらに、転倒しているならず者たちの肩や脇腹を打ち、その場に蹲（うずくま）らせた。

「ま、待て……！」

殺されると思ったのか、頭目格が必死に命乞いをした。和馬は切っ先を向け、

「誰に頼まれた。俺たちを旗本と深川診療所医師と知って襲ったということは、訳があるはずだ。言え」

「し、知らない……ま、待ってくれ……俺たちは金で頼まれただけだ」

「誰にだ」

「わ、分からない……ただ、佐倉藩の家臣だってことは……こ、殺さないでくれ」

「ちょろ吉を連れて、何処へ行こうとしたのだ」

「城下だ……ああ、佐倉の城下だ……」

「その理由は」

「知らない。本当だ……信じてくれ……雇われただけなのだ」

哀願する浪人たちに、これ以上責めても知らぬものは知らぬようだった。和馬は二度と馬鹿な真似はするなと念を押し、先へ急いだ。坂の下の方では、ちょろ吉がピョンピョン跳ねながら手を振っている。

「どうやら、ちょろ吉が狙いのようだな。しかし、なぜ佐倉藩の者が……」

疑念を抱く和馬に、藪坂は言った。

「急ごう、高山さん。種痘の苗は、発芽して数日以内に他の子に植えないと、効き目が弱くなってしまう。なるべく早く、まずは領内の子供に施し、苗を増やすしかないのだ」

「子供にしか発芽しないのか」

「ああ。だが、子供で発芽したものでも、大人に効く。誰にでも、効くから」

藪坂は急ごうとした。一旦、広まるとそれを阻止する方法がなく、大勢の人の命を奪うことになりかねない。だから、予(あらかじ)め予防するしかなかったのだ。

行く手の大海原は、人の営みなど関わりないかのように雄大で輝いていた。

その頃――。

同じ茂原街道だが、六斎市(ろくさいいち)が行われる問屋場(といやば)の外れに、若侍と町娘が人目を避けるように歩いていた。

ふたりとも手(て)っ甲脚絆(こうきゃはん)の旅姿で、娘の方は道中杖(どうちゅうづえ)を突いている。

街道から脇に入った所に、小さな水車小屋があった。

その側(そば)を流れる小川から、竹筒に水を汲んだ若侍は、町娘に飲ませた。町娘はほっと息をついて、微笑んだ。若侍も安堵したように頷いて、自分も竹筒の水を飲んだ。

「間接の口づけね」

と町娘は恥ずかしそうに言うと、若侍も照れ臭そうに頭を掻いた。

ほんのひととき、野花に舞っている蝶々を眺めて安らいでいた。そのふたりの前に、虚無僧姿が数人、近づいてきた。

「随分と探しましたぞ、結姫……」

虚無僧のひとりが声をかけると、町娘は驚いて振り返った。すぐに若侍は町娘を庇って立ち、虚無僧たちに対峙した。

「誰だ、おまえたちは」

「おまえも、余計なことをしてからに」

一歩踏み出て、深編笠を取った虚無僧が顔を露わにした。

「あっ。大串藤三郎様……どうして、かような所に……」

「それは、こっちが聞きたい、篠崎啓之進。結姫を江戸屋敷から攫って逃げるとは、万死に値する。この場にて成敗されても文句は言えぬぞ。さあ、結姫を渡せ」

「嫌だッ」

「逆らうのか。入り鉄砲に出女に厳しい中、町娘にさせたのだろうが、ご公儀に見つかれば、藩がお取り潰しだ。大人しくせい」

「おまえたちの魂胆は分かってる」

篠崎啓之進と呼ばれた若侍は、柄袋をサッと外し、刀の鯉口を切った。

「御前試合で勝ち残る腕前とはいっても、所詮は子供騙し。俺たち殿の番方に、真剣で勝てると思うてか」

「黙れ。俺たちは、殿様におまえたちの悪事を報せるために、国元に帰るのだ」

「悪事とは心外な。すべて、結姫の御為でござるぞ。ささ、結姫、私と参りましょう。伯父上に当たる御家老、滝川治水様も、眠れぬくらいに心配しておりますぞ」

「嘘です。伯父上が私のことを案ずるわけがありません」

結姫はキッパリと否定した。大串は仕方がないとばかりに口元を歪めると、若侍を斬り捨ててでも、姫を奪還しろと命じた。

虚無僧たちが錫杖を振り上げると、その先端は槍の穂先になっていた。

「構わぬ、殺せ。ただし、結姫は傷つけるなよ」

大串が言うと、他の虚無僧たちが無言のまま突きかかった。篠崎は結姫を守りながら、ひとりの虚無僧の錫杖を弾ね飛ばし、腕を斬った。返す刀で、もうひとりの虚無僧の深編笠を斬り裂き、肩口に切っ先を落とした。

だが、ふたりとも余程、鍛錬しているのか、声を洩らすこともなく、抜刀して斬りかかってきた。その凄まじい剣捌きに、篠崎はたじろいだが、必死に踏ん張った。

「分かったか、篠崎。実戦剣法と御前試合の遊びとは違うのだ」

小馬鹿にしたように笑うと、大串は二人の虚無僧とともに一斉に躍りかかり、篠崎を袈裟懸けに斬った——かに見えたが、篠崎も懸命である。かろうじて弾き返したものの、わずかに小手を斬られて、刀を落としてしまった。

「殺ってしまえ」

大串が野太い声で命じたとき、結姫が水車小屋の中に吸い込まれた。

弾みで、篠崎の方は小川に滑り落ちてしまった。

「?!——」

目を凝らした虚無僧たちの前に、水車小屋から出てきた茶人か俳人姿の老人が、

「いやいや。すっかり寝てたが、なんの騒ぎですかのう」

と欠伸をしながら出てきた。

それは、なんと——吉右衛門であった。

水車小屋の中からは、結姫が怯えたように見ている。小川から這い上がった篠崎は、結姫の側に行って、ひしと抱きしめた。

「夢だったのか……美味(うま)そうな団子を食い損ねた……ああ、そこにはキラキラ光る野花が沢山咲いておってな、夫婦なのか、二匹の蝶々がふわふわ飛んでおるのだ」

「ぼけてるのか、爺(じじ)イ」

「ああ、一句浮かんだ……夫婦ちょう舞い踊りたる光かな……お粗末」

吉右衛門はニッコリと笑って、さらに何がおかしいのかガハハと笑った。

「なんだ、くそ爺イ。邪魔立てすると、容赦はせぬぞ」

「色々と事情があるようですが、多勢に無勢で殺せとは物騒なことです。そもそも虚無僧とは、剃髪(ていはつ)してない半僧半俗で、修行のため諸国を行脚(あんぎゃ)してる禅僧(ぜんそう)ですな。仏道を極めようとする者が、人を殺しますか？」

「黙れ」

「被(かぶ)っている〝天蓋(てんがい)〟は顔を隠すためだけ。よほど悪さをしてるのですなあ」

「構わぬ、この爺イも一緒に始末せい」

大串が声を荒げると、虚無僧たちが錫杖や刀で襲いかかった。が、目の前から吉右衛門の姿が消えた。次の瞬間、尻を蹴飛ばされた虚無僧ふたりは、川に落ちて水車に巻き込まれた。

「おや、早く助けて上げないと、溺(おぼ)れ死んでしまいますよ」

吉右衛門が心配そうに言うと、残りふたりの虚無僧が斬りかかったが、やはり吉右衛門の姿は忍者のように軽やかに跳んだ。勢い余って、二人とも小川に勢いよく転落して岩に頭を打ちつけた。

「皆々様、元気がよろしいですな」

「おのれ……！」

刀を抜いて大上段に構えた大串は、気合いとともに吉右衛門に斬りかかった。だが、また姿が消えた。大串は刀を振った勢いで、自分の足の甲辺りを斬ってしまった。

「うぎゃ」

悲鳴を上げて、その場に倒れ崩れた。その背中を軽く吉右衛門が押すと、やはり小川に落ちて、必死に喘いでいる。

その様子を水車小屋の中から見ていた、若侍と町娘は、唖然と突っ立っていた。

「ささ、今のうちに、お逃げなさい。さあ、早く、早く」

吉右衛門が手招きをすると、ふたりは深々と頭を下げた。だが、慈愛溢れる吉右衛門の笑顔に惹かれたのか、なぜかその場から動くことはなかった。

水車に小袖や男帯などが絡んだまま、引きずり廻されている虚無僧たちは、目が虚ろになっていた。

四

のどかな田園風景が広がる。海風と陽光を浴びながら、放牧された馬が走り、牛が草を食(は)んでいる。

農道を歩いてきた和馬と藪坂、ちょろ吉は、江戸とはまったく違う穏やかな空気を吸い込んで、精気が戻ったようだった。さらに下って潮騒(しおざい)に溢れる辺りに来ると、田畑が広がっていた。

――本来、人の暮らしは、このような所で営むのだろうな。

と和馬は思っていた。

「それにしても、かような美しい所で、疱瘡が流行(はや)っているとは思えぬが」

大きく息を吸い込みながら、和馬が言うと、藪坂は首を横に振りながら、

「病は場所を選ばぬ。のどかな所で発生しても不思議ではない。ましてや、江戸のように人が多くて窮屈な町ならば、あっという間に疱瘡は広がるに違いない」

「そんな予兆があるのですか」

「いつどこで流行ってもおかしくないのが、疫病の怖いところだ。しかも、江戸は井

戸水とはいっても、地中を流れる水道だ。黴菌が蔓延しやすいともいえる」

「恐ろしいですね」

「その段ではない。俺も九州や四国の西国で見てきたが、病状が重くなると、ほとんど薬も効かず、死を待つしかない人も出てくる。だからこそ、広まる前になんとか阻止せねばならないのだ。それも医者の務めだ」

藪坂はいつになく険しい顔である。鷹揚でどっしり構えている医者ではない、どこか焦りに似たものを和馬は感じていた。

行く手に、一足先に行っていた伊助が、村の若い衆らを連れて、「こっちです」と手を振って出迎えている。

「もうすぐだ。ちょろ吉、疲れただろう。足は痛くないか」

和馬が励ますと、子供は元気なもので、「へっちゃらだい」と全力で疾走した。

庄屋の屋敷は、海沿い道から、少しだけ高くなっている所にあった。石垣に囲まれて、ちょっとした陣屋くらいあり、武家のような冠木門まで設えてあった。

前庭から玄関に上がり、座敷に通された和馬たちを、庄屋の又左衛門は丁寧に慰労しながら挨拶をした。

還暦を過ぎた年であろうか、百姓には見えないほどの風格がある。

　庄屋というのは、ただの村民代表ではない。若い頃から野良仕事の傍ら、一生懸命に学問をし、中には江戸の高名な学者に師事する者もいる。地元の名士であり、知識階級だったのだ。

「高山様にはご無沙汰ばかりで失礼をしております。御壮健そうでなによりで、ございます。此度は私どものことで、遠路遙々、恐縮しております」

「又左衞門も無事息災でなによりだ。利助から話は聞いたが、早速、本題に入ろう」

　和馬はまず藪坂甚内を紹介し、ちょろ吉の種痘の苗のことも伝えた。貝原村で殺された村医が藪坂の友人だと知ると、又左衞門は悲痛な顔で悔やみを述べてから、

「実は……私の村でもすでに、三人ばかり、労咳のような症状の者がおるのです」

「まことか」

　藪坂は思わず身を乗り出すと、又左衞門も真剣なまなざしで答えた。

「その者たちは、万が一のことを考えて、村はずれの神社に匿っております。そこはふだんは宮司もおらず、本殿の中はがらんどうですし、社務所にも誰もおりませぬ」

「隔離しているのだな」

「はい。もし疱瘡なら、誰かに移してはなりませぬし、妙な噂が立って、村八分にされてはあまりに可哀想です。爺さんがひとりと、中年の男、それと、ちょろ吉ちゃん

と同じ年くらいの男の子です」

「うむ。早速、様子を見てみよう。だが、もしすでに罹っているとしたら、種痘の苗は役に立たぬ。代わりに、補中益気湯や橘皮枳実生姜湯、清肺湯から八珍湯なども持ってきておるゆえ、症状が重くなければ快癒できるはずだ」

「力強いお言葉、ありがとうございます」

又左衛門は藪坂を案内することにした。だが、ちょろ吉がまた妙な輩に狙われては困る。庄屋屋敷で守るため、和馬も一緒に滞在することにした。

旅で疲れているはずなのに、藪坂はものともせずに、村はずれにある小さな神社に来た。上総一宮の玉前神社の末社らしい。鳥居も本殿も長年、雨風に晒されているのか、みすぼらしいほど古かった。

「みんな、様子はどうだ。大事ないか」

声をかけて、又左衛門が社務所に入ると、そこには、中年男と子供がいた。八十助と太吉だという。親子ではないが、同じ集落の者だ。ふたりは、庄屋の顔を見て安堵したのか、小さな咳はあるものの、体は衰弱していない。

「江戸から来て下さった藪坂先生だ。治してくれるからな、心配ねえぞ」

又左衛門が誘うと、藪坂はすぐにふたりを診療し、どの程度の労咳なのか、風邪なのか、疱瘡によるものなのかを見極めた。軽いがやはり疱瘡に罹っていると思われた。

「だが大丈夫だ。この程度なら、自分の力で治る」

藪坂が言うと、八十助が不安そうに、

「本当ですか……慰めじゃないんでしょうか……」

「人の体には、自分で自分の身を守る力が備わっている。疫病から免れるためのものだ。風邪を引いても自然に治るであろう。薬はその己の力を強くして元に戻すためのものだ」

「そうなのですか……」

「ああ、怪我をしても、瘡蓋(かさぶた)ができて傷が塞(ふさ)がり、やがて跡形もなくなるだろう。あれと同じようなことが体の中でも起こっているのだ」

そう言いながら、藪坂は早速、持参した薬を混ぜながら、水で飲ませた。ふたりはなんとなく、ほっと一息ついた。

「半兵衛爺(はんべえ)さんは、何処だね。まさか、出歩いてるのではあるまいね」

又左衛門が訊くと、八十助が答えた。

「本殿の中におりやす。あそこは神様が降りてくるところだから、縁起がいいと」

「神様も無慈悲だな。なんとか助けてくれんかのう」

「俺たちより様子が悪いから、移しちゃならねえって、ひとりに……」

話を聞いていた藪坂は、本殿に行ってみた。

何処にでもある注連縄（しめなわ）に鈴、賽銭箱（さいせんばこ）があって、中を覗いて見ると、薄い蒲団の上に老人が横になっていた。藪坂が扉を開いて入ると、吃驚（びっくり）したように老人は起き上がろうとした。が、力が弱っているのか、よろりと倒れた。

藪坂がすぐに抱きかかえると、又左衛門が外から優しく声をかけた。

「大丈夫だよ、半兵衛爺さん。江戸から来てくれたお医者様だ。ちゃんと見て貰いなさい。怖がることはねえよ」

半兵衛の頭は熱を帯びていて、体を見てみると、すでに疱瘡の症状である斑点（はんてん）が浮き出ていた。又左衛門がそれを見たのは初めてらしく、思わずハッと口と鼻を押さえた。

さりげなく、それを見た藪坂は、

「大丈夫だ。それだけ離れておれば、移らぬ。くしゃみや咳をもろに浴びなければ、大丈夫だ。恐れることはない」

と言った。

恐れることはないと言ったものの、疱瘡は伝染力が非常に強く、死に至る疫病として人々から恐れられていた。治癒しても、痕が残るから、〝美目定め(みめさだめ)の病(やまい)〟と忌み嫌(い)われていた。不幸にして罹った者は囲った上で、周辺の者たちには種痘を行う。そうして、病自体を封じ込めるのだ。

「半兵衛さん……調子が悪くなったのは、いつ頃かね」

藪坂が問いかけると、咳き込みながら半兵衛は答えた。

「──もう六日くらい前でさ……」

「ということは、そのさらに十日か十五日の間に、移されたということだな……貝原村の者と会ったのかね」

「いいや……とにかく、今までなったことがないくれえ高い熱が急に出て、頭痛はもとより、手足や腰など体のあちこちが痛くなり、吐き気も強かった……」

発疹は、紅斑(こうはん)から丘疹(きゅうしん)、水疱(すいほう)、さらに膿疱(のうほう)などに移るが、半兵衛はかなり広がっている。藪坂は、体の隅々(すみずみ)まで見て、

「──やはり、疱瘡に間違いないな……」

と呟いた。

疱瘡、つまり天然痘と水疱瘡(みずぼうそう)の違いは、水疱に〝へそ〟があるかないで判断する。あるのが、疱瘡だ。このまま放置しておけば、疼痛(とうつう)が続いて、水を飲むのも困難にな

り、もっと息が苦しくなる。

「丁度良かったといってはなんだが、このお社は隔離するのに良い所だ」

藪坂は、又左衛門に向かって、決して人を近づかせないように頼んだ。

「半兵衛爺さんは、大丈夫なんですか」

「年が年だから何とも言えぬが、全力を尽くす。薬が効けば、良くなる」

「それを聞いて、ちょっと安心しました」

「村で症状があるのは、この三人だけなのだな」

「はい。今のところは……」

「分かった。まずは、この者たちと一緒に暮らしている親兄弟を診てみたい。その上で、種痘の苗を植えたいと思う」

意気込んで藪坂が言ったとき、鳥居の方で騒ぐような人の声がした。

利助が両手を広げて止めようとしているが、その向こうから十数人の村人が押し寄せてきていた。しかも、手には竹槍や鎌を持っている。まさに貝原村の惨劇と同じような様相を呈していた。

「なんだ、おまえたち……」

又左衛門が立ちはだかると、利助が必死に村人たちを押しとどめながら、

「江戸から医者が来たと聞いて、何事かと駆けつけてきたんです。私は何でもないと言っているのですが……」

と言うと、髭面(ひげづら)の体つきのガッシリした若い男が前に出てきた。

「庄屋さん。なんで隠し事なんかするんだ」

「いや、隠しちゃおらん」

「こうやって、こそこそと……俺たちの村にも疱瘡の患者が出たんだろ。貝原村のようにな。だったら、あの村の三代治って奴がやったように、俺たちも病根を絶とうと思う」

「バカを言うな、茂十(もじゅう)!」

腹の底から怒ったように、又左衛門は怒鳴った。一瞬、茂十ら若い衆が、後退(あとずさ)りするほどの大声だった。

「よいか、おまえら。病に罹ったものは、労(いたわ)ってやらねばならぬ。殺したところで、何の解決にもならぬぞ。それこそ、貝原村の百姓代らは、人殺しで処刑されたではないか」

「でも、村の人々は助かったぞ。あの後、誰も罹っちゃいねえ」

「そんなことをしなくても、ちゃんとした防ぐ方策がある。疱瘡に罹った者も助かったかもしれまい。そのために、江戸から、この藪坂先生を呼んだのだ」

「藪坂……ふん、どうせ藪医者じゃねえのか……俺たちゃ、騙されねえぞ」

茂十が言うと、他の者たちも「そうだ、そうだ」と煽るように声を上げた。が、藪坂が本殿から出てきて、優しい声で言った。

「どうか、みんな、信じて欲しい。今、ここにいる三人は、病が治るよう薬を施し、これから快癒させる。そして、ここに置いておけば、誰にも移る心配はない。疫病が風に乗って流れることはないのだ。触れなければ、それでよいのだ」

丁寧に言ったつもりだが、茂十たちは誰も納得していなかった。

「あんた、触れたじゃないか、藪坂先生とやら」

「俺は大丈夫なのだ。種痘の苗を植えておるからな、この体に」

藪坂は自分の胸を叩くと、からかうように茂十は言った。

「種痘の苗……なんだ、そりゃ。俺たちゃ、稲の苗作りなら毎年してるがよ」

「真面目に聞いてくれ。この病は、悪霊の仕業ではない。病を作る黴菌がいるのだ。物を腐らせる黴があるだろう。あのようなものだ。だが、体に黴が生えないようにしておけば、病気になることはない」

「…………」

「その方法が、種痘の苗を体に植えて、病の種が育たないようにするのだ。そして、自分の力で退治できるようにする」

切々と藪坂は説明しようとしたが、茂十たち百姓は信じようとしない。

「村の人々が、その種痘の苗を植えれば、疱瘡に罹ることもないし、人に移すこともない。そういう薬だと考えてくれ。それに、八十助たちのように一度、罹った者は二度と同じ病になることはないのだ」

「危ねえ、危ねえ……そうやって、俺たちの体で、薬を試す気だな」

「それは、違う」

「いや。聞いたことがあるぞ。妙なものを針で入れられて、余計に酷くなったとな」

「それは人痘といって、たしかに危険だ。だが、今は牛痘という、牛を介して出来た安全なものがあるのだ」

日本で牛痘法による〝ワクチン〟が広まるのは、まだ三十数年待たねばならないが、人痘法は秋月(あきづき)藩医の緒方春朔(しゅんさく)らによって確立され、広まりつつあった。

「牛だと……おい、バカにしてるのか。牛から取ったとは、どういうことでぇ」

「——とにかく、冷静になってくれ。みんなを病から守りたい。そのために俺は……」

言いかけたとき、茂十が「うるせえ」と竹槍を向けて、藪坂に突っかかってきた。

すんでのところで避けた藪坂は、竹槍を小脇に挟んで、勢いのまま地面に倒した。

その腕を摑んで捩り上げようとして、

「む……？　熱があるな……おまえも疱瘡に罹っているのではないか」

と藪坂が言うと、俄に茂十の顔が硬直した。

「いつから熱がある」

「うるせえ。熱なんかねえやい」

「いや、かなりのものだ。こんな体で暴れておると、取り返しがつかなくなるぞ」

「いてて、放せッ」

暴れる茂十を見ていた若い百姓衆たちは、息を吞んでしばらく見ていたが、一様に後退りして、そのまま走り去った。

「放しやがれ、このやろう。人を病人にするんじゃねえぞ！　放しやがれ……ごほごほ……ゴホゴホ」

しだいに咳が強くなる茂十に、藪坂は顔を近づけて、

「いい加減にしろ。本当に死にたいのか」

と睨みつけた。

茂十は息苦しそうに胸を押さえたが、俄に気弱な顔になって、

「こ、殺される……今度は俺が……み、みんなに殺される……ああ……」

「案ずるな。そんなことは、断じてさせぬ」

藪坂は茂十の体を優しく撫でながら、ただ俺を信じろと言うのであった。

五

海鳴りのする道を、五人の侍が走っていた。虚無僧たちが、どこかで羽織袴に着替えたのであろう、必死に探し廻っていた。

「篠崎と結姫は、たしかに一宮に向かったのだ。その足で、佐倉城下に行くに違いない。早く見つけ出せ。場合によっては、結姫を殺してもよい」

苛ついて大串が言ったが、手下の者たちはわずかに狼狽しながら、

「しかし、大串様。結姫までとは……それはあまりに酷い」

「余計なことを言うな。あの爺イめ……只者ではあるまい。俺には読めた。爺イは公儀隠密、もしくは殿の密偵で、御家老の画策を潰しに行くに違いない」

大串の目は吊り上がっていた。

五人が通り過ぎるのを——粗末な漁師小屋の中から、壊れた板壁超しに、覗いている目があった。吉右衛門である。横には、篠崎と結姫も抱き合うようにいる。

「どうやら、佐倉城下に戻るようですな。こっちの動きが見抜かれましたかな」

吉右衛門が言うと、篠崎はすっくと立ち上がり、

「一足先に私が城下へ行く。殿に伝えねば、奴ら何をするか分からぬ」

と出ていこうとしたが、結姫は止めた。

「啓之進。行くなら私も一緒に……でも、私が案じているのは、父上のことだけではありませぬ。領民のことも……」

「領民に何かあったのかね」

吉右衛門が訊くと、結姫は悲痛な顔になり、

「ご存じかどうか知りませぬが、貝原村という小さな村で……」

「知っておる。疱瘡のことで大変な惨事があったそうですな」

「はい。佐倉領内の村には罹った者があるらしく、それを視察した父上にも移ったかもしれない……と報せがあったのです。それが、家老、滝川治水の仕業ではないかと私は思っているのです」

「家老の……」

「はい。滝川は私の母上の兄です。滝川には、勝之という息子がおりますが、私の婿養子にして、次の藩主にしようと画策しております。父子揃って野心家。領民のためではなく、己が栄華のために、父上を殺してまで、藩主の座に就けようとしているのです」

「それは、また無体な……」

「ですから、私は居ても立ってもいられなくなり、私の側役である啓之進に頼んで、こうして父上を救うために……」

「相分かりました。でも、ただの側役ではありますまい、啓之進殿は」

「えっ……」

「ふたりとも、お顔に書いてありますぞ」

吉右衛門が微笑むと、ふたりして顔を見合わせて頬を赤らめた。

「とにかく、一旦、身を隠しましょう。なに、私にちょっと当てがあります」

小屋を出て飄々と歩き出す吉右衛門に、ふたりはついていった。

辿り着いたのは、波野村の庄屋屋敷だった。

若侍と町娘を連れたご隠居が現れたのに、最初に気付いたのは、ちょろ吉だった。

「あれ、ご隠居さん。どうして、ここに」

駆け寄ってくるちょろ吉の頭を撫でて、吉右衛門が無事だったようだなと訊くと、嬉しそうにピョンピョン跳ねた。

「吉右衛門……なんだ？」

縁側でキョトンとしている和馬に、

「ご領地に向かわれたと聞いては、お側にいないといけないと思いましてな」

と笑ったが、挨拶もそこそこに、結姫と篠崎のことを伝えた。

ふたりが佐倉藩の姫君と、その側役だと聞いて、和馬は今度は素っ頓狂な声を発した。そして、茂原街道で浪人たちに襲われたことを話し、それが佐倉藩の誰かに頼まれてのことだと伝えた。

「佐倉藩の……それは、きっと大串たちの仕業だな」

篠崎が言うと、結姫も唇を真一文字にして頷いたが、なぜ和馬たちが襲撃されたのか不思議そうだった。

「それがな、狙いはちょろ吉だったのだ」

「ちょろ吉……あ、もしかして」

吉右衛門は手を叩いて、

「そいつらは、あの子が種痘の苗を植えていることを知っていた。目的はそれではありませんかねえ。佐倉領内でも少し流行っているそうですからね」

「なんだと……」

和馬の表情が苦々しく歪んだ。篠崎はすぐに頷いて、

「きっと、そうに違いありません。奴らは、種痘の苗を使って、何か企んでいるに違いありませぬ」

「企む……薬種問屋と結託して、一儲けしようとでもいうのか」

「分かりません。でも、滝川たちは父上の命を狙っている節もあります」

結姫も懸命に訴えると、和馬は同情の目になって、

「とにかく、今、藪坂先生が、俺の領内の村々の人々に種痘の苗を広げようとしている。ちょろ吉のを他の子に移し、それをまた何人かの子供の体で培養してから、大人たちに植える」

「そんなことができるのですか……」

驚いたように聞いていた結姫だが、和馬の話を聞いて感心し、自分の領民たちにも備えたいと訴えた。

「ええ、少しずつ広げていけば、いつかはみんなに行き渡るはずだ。うちの村の者たちへの処置が終われば、佐倉でもどこでも行きましょう」

「本当ですか」

期待を込めて喜びの笑みを浮かべた結姫だが、先行きが明るいわけではなかった。

「種痘の苗については、村人たちは納得しているわけではない。疫病の元を体に入れるなんて、とんでもないことだと怖がって、受け付けてくれないのだ」

「でしょうね……」

「藪坂先生は説き伏せているのだが、嫌がる者が多いのだ」

それでも何人かは来て、駄目で元々だと受ける者もいた。庄屋屋敷の離れで、それは執り行われていた。

「俺も、みんなの前で、腕に小さな彫刻刀のようなもので、十字に切って、そこから針で植えたのだがな……気味悪がってる」

和馬が困惑気味に言うと、篠崎が決然と言った。

「ならば、私たちもしましょう。ねえ、結姫。もし、皆の衆の前で、佐倉藩の結姫が、処置を受けたとなれば、誰もが安心して、真似るのではないでしょうか」

「ええ。それは、いい考えですね」

ためらいもなく、結姫も同意した。そのふたりを目の当たりにした和馬は、

「さすがは吉右衛門……見る目がある。いいふたりを案内したな」

「そっちですか……」

吉右衛門はズリッと滑りそうになった。が、結姫と篠崎は、屈託のない態度で身分を明かし、庄屋に事情を伝え、集めた村人たちの前で処置を受けると申し出た。

だが、又左衛門の方が恐縮してしまい、

「いえ。と、とんでもありません……万が一、お姫様に何かあったら、私は生きてはおれません……どうかご勘弁を」

と尻込みする始末だった。

様子を見ていた藪坂は、ふたりに近づいてきて、

「さすがは名君、堀田相模守のお姫様だ」

と集まっている民百姓の前で施した。その上で、庄屋が村のみんなに大丈夫だと知らせて廻ることを命じた。結姫と篠崎が素直に自分の体を提供したことで、村人たちは安心して、信じ切ったのである。

その日のうちに、波野村のほとんどが処置を受け、さらに領内の大栗村、小栗村、三里村、小原村、磯浦村の五村の人々にも、後日、回診することを伝えた。

夕暮れになると、一段と海風が強くなり、波の音も大きくなった。江戸とは違う潮の香りに、和馬はうとうととしていた。

すると――ザッザッと大勢の足音がするのに気付いて目が覚めた。

起き上がって見ると、庄屋屋敷の門前から、塀の外に、武装した役人らしき侍たちが三十人ばかりいて、ずらり取り囲んでいる。

「波野村庄屋、又左衞門、出てこい」

先頭に立っている陣笠陣羽織の侍が、張りのある声を上げた。

「なんだ、おまえたちは」

和馬が出ると、陣笠陣羽織の侍が前庭に入ってきて、

「身共は、下総佐倉藩の国家老、滝川治水。一宮の陣屋まで来ていたのだが、我が藩の姫君が、ここに捕らえられたとの報せを聞き、馳せ参じた」

と言った。その後ろには、大串たちも押し寄せている。

「佐倉藩……下総の者が、上総に何用だ」

「無礼者。若造、貴様、何者だ」

滝川が野太い声で迫ると、和馬は縁側から降りながら腰に刀を差し、

「この村の領主だ。幕府旗本、高山和馬。用件なら俺が聞こう」

「旗本……」

「さよう。大藩の家老とはいえ、誰に断って、旗本領に入ってきておるのです」

「なるほど……おぬしが、姫君拐(かどわ)かしの首魁か」

「――なんだあ」

「結姫は江戸屋敷から、篠崎なる江戸詰の家臣が攫って逃げた。こやつは以前から素行の悪い奴でな、いつかはかようなことをしでかすと思っておった」

滝川はさらに和馬に歩み寄りながら、

「篠崎は姫を人質(ひとじち)に取り、千両の金を寄越せと脅してきた。これが、脅し文だ」

と懐から出した紙を見せた。

「それを裏で操っていたのが、幕府の旗本だとは驚いた。たしかに、この村からの年貢では食うに困っているのであろうが、姫君の命を弄(もてあそ)ぶ狼藉、断じて許すことはできぬ。大人しく引き渡せば、命までは取らぬ。逆らえば……」

大きく采配(さいはい)を振り上げた滝川に従って、十人ばかりの鉄砲隊が入り込んできて、和馬に向かって銃口を向けた。

「おいおい。出鱈目(でたらめ)も大概(たいがい)にしろ。呆(あき)れて物も言えぬ」

「言い訳は聞かぬ。姫君を出せ」

「それがな……結姫はもう城下に行った」

「嘘をつくな。街道は押さえてあるのだ。上総には、我が藩の飛び地が幾つもある。

見つけ次第、保護することになっておるのだ」

「保護ではなく、捕縛だろ」

「なんだと」

「あなたは結姫の伯父にあたるらしいが、どうも近頃、怪しいので信じられぬと話しておった。お殿様の命まで狙っているのではないかと、結姫は疑っておった」

「黙れ、黙れ――」

「とにかく、ここにはおらぬ。恐らく、あなたが捕らえろと命じたであろう、ちょろ吉や俺の側役と一緒に、城下へ行った。むろん、藪坂という医者も一緒だ。人々が疱瘡に罹らないようにするためにな」

　和馬はニンマリと笑って、

「御家老様。あなたも種痘の苗を打っておいた方が、よろしいと存ずるが」

　と言うと、滝川の目の奥が底意地が悪そうに燃え上がった。

「そうか……あくまでも姫君を引き渡さぬというのだな。そこまで逆らうなら、こっちも容赦はせぬ。かかれ」

　滝川が采配を振るうと、鉄砲隊が一斉に和馬に向かって発砲した。寸前、身を屈めて、床下に逃げ込んだ和馬は、必死に逃げたが、今度は、火矢が雨霰と飛んでくる。

それが藁屋根にあっという間に燃え移り、めらめらと大きな炎となった。

「なに、しやがる。頭がおかしいのか」

和馬は這いながら、床下の奥に身を隠し、裏山の方に逃げようとした。だが、行く手にも武装した佐倉藩士たちが、槍や刀を向けて待ち構えている。

抜刀した和馬だが、多勢に無勢過ぎる。もはやこれまでと諦めたとき、

——バチバチ、バンバン、ドカン！

と爆竹が鳴る音がして、「わああ」と叫び声が近づいてきた。

「庄屋さんを助けろ」「あいつらを殺せ」「佐倉の奴をぶっ潰せ」「やってしまえ」「構わねえから、串刺しにしろ」

などと物騒な大声が怒濤のように聞こえた。

振り返ると庄屋屋敷に向かってくる、百姓の一団がある。竹槍や鎌などはもとより、刀や槍、猟銃を抱えている者もいる。百姓は刀を持ち歩いてはいけないが、所持することまでは禁止されていない。ゆえに、一揆などのときに持ち出してくる者もいた。

まさに一揆の如く押し寄せてくる。その数、三百は下るまい。日が暮れかかっているから、松明を振り廻している者もいる。

「殺せえ！　逃がすなあ！」

波野村だけではなく、大栗村や小栗村などからも集まってきたようだ。佐倉の兵卒らが領内に侵入したことから、百姓衆は連携して集まってきていたのだ。庄屋屋敷に火をつけられては、領民も黙ってはいられない。決死の覚悟で、まさに津波のように押し寄せてきた。

　その数の多さに、さすがに佐倉の兵たちも恐れをなして逃げ出す者もいた。一揆の際には、百姓は三、四人が一組になって、侍を襲う決まりがある。戦国時代の足軽と同じで、相手を取り囲んで確実に仕留（しと）めるのだ。

　上総や下総の大名の家臣たちは、一揆の恐ろしさをよく知っている。だから、逃げ出したのだ。三十人ばかりいた兵だが、百姓の塊から見れば、逆に多勢に無勢となってしまった。

「や、やめろ！　貴様ら！　許さんぞ！」

　滝川は悲痛に叫んだが、大串までもが逃げようとした。兵たちはすっかり散り散りになってしまい、滝川と大串だけが、庄屋屋敷の前庭に残された。目の前は大きな炎の柱が空に昇っている。

　百姓の先頭を走ってきた利助が、滝川を竹槍で突こうとしたとき、

「殺すな」

と和馬が叫んだ。同時、又左衛門も同じ言葉をかけた。

寸止め(すんど)された竹槍の先は、滝川の喉元(のどもと)にあった。恐怖におののいていたのか、滝川は激しく咳き込んだ。

横に座り込んでいる大串は、隙あらば斬るつもりで、腰の刀に手をあてがっていた。ほんの一瞬の隙に、抜刀した大串は利助に斬りかかった。だが、和馬の刀が叩き落とす方が早かった。

「本当に殺されるぞ……佐倉藩の者が、上総に侵入してきて、天領や旗本領に代官がいないのをいいことに、自領の飛び地にしていたこと、俺も承知している」

和馬は滝川の首に切っ先をあてがって、

「それは堀田相模守の命令なのか」

と訊いた。

「返答次第では、公儀の軍勢が押し寄せてくることになり、御家断絶は免れまい」

和馬や吉右衛門のことを、公儀隠密だと誤解していた滝川や大串は、悔しがりながらも命乞いをし、

「殿は知らぬことでございます。本当でございます」

と平身低頭で答えた。

「うむ。ならば、此度は大目に見てやるよって、とっとと失せるがよい」

滝川と大串は這々(ほうほう)の体(てい)で逃げ出した。

屋敷は燃え盛って、闇夜を明るく照らしていた。もはや手が付けられないほど、燃え広がったが、裏山が燃えないように、百姓たちは水路から水を運んで阻止するのだった。

「——あいつら……！」

野道を逃げる滝川と大串の姿を、和馬は怒りの目で見ていた。めったに見せたことがない、人を憎むような顔だった。

六

一足早く桜が咲いている。濠端(ほりばた)を囲むように薄紅色に満開に花開いている並木は、三層の白い城と相まって、町人たちが溜息で立ち止まるほど美しかった。

さすがは老中の土井利勝が作った城下町ゆえ、武家屋敷や掘割が整然とならんでおり、江戸の東方を守る要衝地としての威厳も漂っていた。大名家は幾度となく変わったが、堀田家は名門である。その大名の品格とともに、城下の人々の誠実さが溢れている。

その城に向かって、「そこどけ」とばかりに二頭の馬が疾走してきた。滝川と大串である。ふたりとも、波野村の百姓らに追い払われたせいで、苦虫(にがむし)を嚙み潰していた。

外濠の下馬場で滝川が降りたとき、ひとりの若武者が駆けつけてきた。

「父上。お待ちしておりました」

「おう。勝之か」

「使いの者から聞きました。大変な事態になりましたね」

「おまえが心配することではない」

「それが実は……」

勝之と呼ばれた滝川の息子は、近づいて何やら耳打ちをした。

「なんだと。それは、まことか」

「はい――」

「でかしたぞ、勝之。これで、おまえの藩主への道が早まったやもしれぬ」

打って変わって、滝川は意気揚々と大手門に向かうのであった。

幾つかの門を経て、本丸御殿に向かう門の手前に、三十間長屋という番小屋があった。門番の城兵たちが詰めるところで、そこには城内での不届き者を留めておく、仮牢があった。

その一室には、吉右衛門と藪坂、ちょろ吉が閉じ込められており、その隣の別の牢部屋には、篠崎と結姫が捕らわれていた。

牢格子の外に、滝川と息子の勝之が立った。後ろには、大串ら数人の家臣が控えた。

「これはこれは、篠崎……江戸詰のおまえが、かような所にとはな。里心でもついたか」

からかって言う滝川に、篠崎は嚙みつくように、

「何の真似ですか、御家老。こんなことをして、只で済むと思うておいでか。ここは城中でござるぞ」

「さよう、城の中だ。本丸御殿から二の丸、三の丸……すべて身共の家臣が厳重に警護しておる。よって、つまらぬ賊は、ここに閉じ込められることになっておる」

「殿が黙っておられぬ」

「はてさて、おまえの言う殿とは誰のことかな」

滝川の言い草に不安が込み上げてきたのか、結姫が格子を摑んで、

「これ、滝川。何をしたのじゃ。父上に、何を」

「おまえは、誰だ、小娘……身共は、町人の娘なんぞに知り合いはおらぬがな」

「ふざけるでない。私は、おまえを伯父上だなどと思うたことはない。早う、ここから出しなさい。でないと……」

「元気な町娘だのう。勝之、おまえは勝ち気な娘が好みではないのか」

ふざけた口調で言う滝川に合わせて、勝之もほくそ笑みながら、

「はい。ぞくぞく致します……町娘、俺の嫁になる気はないか。一生、大切にして、可愛がってやるぞ」

「誰が、そのほうなんぞに」

結姫は気丈に言い返したが、余裕の笑みで勝之は淡々と、

「そうか……ならば、何処の誰か分からぬ町娘と、恋病に陥(おちい)った篠崎が無理心中をしたことにでもして、海に浮かべるか」

「勝手になさい。その前に私は舌を噛んで死にます」

「ほほう。それは見物だ。では、篠崎は後追い心中ということになるかな、ふはは」

小馬鹿にしたように笑う勝之に、篠崎が声を荒げた。

「結姫がいなくなれば、おまえは婿養子にはなれぬ。望みは絶たれるぞ」

「下っ端に、おまえ呼ばわりされる謂われはない。俺は家老の息子で、姫君の従兄弟(いとこ)だ。引っ込んでおれ」

「こんな無理非道が通るの思うてか」

「別に姫がいなくても、藩主の世継ぎにはなれる……甥だから直に養子になればいい。すでに公儀に届ける段取りになっておる」

「バカな。殿が許すまい」

「その殿様は今……疱瘡で苦しんでおる」

「な、なんだと」

篠崎が格子から手を突き出して摑もうとすると、勝之は鉄扇でバシッと叩いた。崩れる篠崎を庇いながら、結姫は悲鳴を上げた。

「父上に何をしたのじゃ」

「領民視察の折、感染した……ことにして、疱瘡に罹った村人たちの着物や食べ残したものなどを、殿のご寝所に置いてある。安心しろ、苦しみもせず眠っておる」

「なんて酷いことを……」

「流行病で死んだとなれば、公儀も疑う余地はあるまい。もっとも、俺たちまで死んでは元も子もないゆえな。そこな小僧の種痘の苗を植えようと思うてな」

勝之が言うと、滝川も牢内の結姫の前に近づき、

「我ら一族が生き延びるために、その苗とやらが必要だったのだ」

「自分たちだけが病に罹らなければよいのですか、伯父上。領民がみな病に倒れたら、忽ち、この藩は立ちゆかなくなります」

「ふはは。百姓や町人なんぞ、どこからでも集めてこれるわい。そのために、上総や下総のあちこちに飛び地も作ってきたのだからな。ふははは」

哄笑する滝川に共鳴するように、勝之も馬鹿笑いした。

すると、冷ややかな声が、隣の牢から聞こえた。

「父子揃うて、正気ではありませんな」

吉右衛門が言ったのだ。おっとりした声でありながら、どこか筋金が入っているように険しい響きがあった。

勝之が牢内を覗き込んで、睨みつけた。

「爺イ。おまえだけは、結姫らを捕らえたときに、あの場で殺しても良かったんだ。老い先短いのだから、粋がるな」

「さあ、若いからといって、私より長生きするとは限りませぬぞ」

「黙ってろ、おいぼれめが」

怒声を勝之が浴びせたとき、大串がハッと見やって、

「――こいつです……凄腕の爺イは。公儀隠密に違いありません」

と言った。

「なんだと……ならば捨て置けぬな……」

唸るように顔を格子に近づけた滝川が、仰天して凍りついた。しばらく落雷にでもあったように見つめていたが、

「だ……出せ……この者たちを、牢から出せ……早く。急げ、勝之、何をしておる」

と狼狽しながら言った。

「何です。どういうことです、父上……」

「いいから、早うせい」

滝川に命じられるままに、家臣が牢部屋の鍵を開けた。

「そっちもだ……結姫らもお出ししろ」

あまりにも狼狽している姿の父親を見て、勝之は戸惑うのであった。色々と尋ねたが、滝川は一々、答えることなく、吉右衛門たちをみな牢から出した。下にも置かぬ丁重さで、滝川は平伏した。

「殿の容態が悪いそうだが。すぐに藪坂先生に診て貰いたいが、よろしいな」

吉右衛門が言うと、滝川は廊下に手をついたまま、

「どうぞ、ご案内致します」

と怯えたように言って案内をしたが、まったく言葉を発しなかった。

本丸御殿の中奥ある藩主の寝所に招かれた藪坂は、家臣たちに病人のものと思われる着物などを片付けさせた。

眠っている堀田相模守の側ににじり寄って、呼吸や脈拍、熱や喉などをつぶさに調べた。五十半ばだろうか。顔色は悪いが、さほど衰弱はしていない。その上で、安堵したように、

「大したことはありませぬ。少し喉を痛めておるようだが、漢方薬で癒やすことができます。それより……」

と藪坂は振り返った。

「勝之さんでしたか……あなたは、お屋敷にて養生し、外に出ない方がよろしかろう」

廊下に控えていた勝之は、意外な目になって、何か文句を言いそうになったが、

「隠してるつもりだろうが、すでに紅斑が現れてきておる。自分のためにも、人に移さぬためにも、そうしなされ」

「そ、そんな馬鹿な……」

「疱瘡患者の着物などを集めたりしたから、あなたにも移ったんだろう。波野村にも

勇ましい若い衆で、同じような症状の者がいたが、若い故に病に罹ると酷くなるのが早い」

「…………」

「早く養生しなさい」

「だったら今すぐ、疱瘡の苗を植えてくれ。なあ、頼む。死にたくない」

情けないくらい悲痛な顔になって、藪坂に縋るように言った。

「罹ってからでは遅い。あれは罹らぬためにするものだ」

「じゃ、じゃあ、どうすれば……」

おろおろと腰を浮かせる勝之の姿を見て、滝川までが悲痛な表情になって、

「助けてやってくれ。倅を……どうか、助けてやってくれ……たったひとりの、かけがえのない倅なのだ」

と懸命に藪坂に訴えた。

すると、吉右衛門が滝川に声をかけた。

「親心は残っているようですな……少しは、人の痛みが分かりましたかな」

「は、はい……」

「藪坂先生ならば、必ずなんとかしてくれるでしょうから、言われたとおりになさる

がよろしかろう」

「か、かたじけない……この御恩は忘れません。どうか、ご無礼をお許し下さい」

「そんなことよりも、早くご子息を」

吉右衛門が情けをかけると、滝川はもう一度、深々と礼をして、

「殿のこと、宜しくお願い致します」

と言ってから、勝之を労る(いたわる)ようにして共に立ち去るのだった。

その様子を見ていた結姫と篠崎は、目を丸くして吉右衛門の側に寄った。

「ご隠居様……一体、これは……伯父上のことをご存じなのですか」

「いいえ、初対面ですよ」

「では、なぜ……」

「さあ。誰かと間違われたのかな。ま、いいではないですか。相手が勘違いしたのなら、それを利用しない手はない」

「え、でも……」

「それよりも、結姫。御家の安泰を思うのであれば、啓之進殿と一緒になればよろしいのではありませぬかな」

唐突な吉右衛門の提案に、ふたりとも驚いたが、決して嫌ではなかった。

「御父上が病でうなっている間に、許しを得たらどうですかな。いや、これは悪い冗談だった。きちんと話して、その旨、ご公儀に伝えるのがよろしかろう」

「はい……でも、ご隠居様は……」

結姫は不思議そうに首を傾げて、一体どういうことなのかと、いま一度、問い直した。

「堀田相模守様が目を覚ましたら、訊いてみればよろしかろう。滝川殿にもな……だが、何を聞いても、内緒ですぞ」

吉右衛門は、人差し指を立てて笑った。

その後——。

和馬の拝領地はもとより、佐倉藩をはじめ、上総や下総で、疱瘡が流行りそうなところには、幕府や藩が、病人は隔離し、未病の者には種痘の苗を植えるよう命じた。上意(じょうい)下達(かたつ)は徹底し、それ以上、広がることはなく、貝原村のような悲劇も起こらなかった。

だが、疱瘡に限らず、江戸時代は常に、疫病に苦しめられていた。藪坂のような命がけの医者がいたからこそ、多くの人々の命が救われたのである。

江戸に戻った藪坂は、江戸にも予兆があれば、種痘の苗を植えることを多くの医者に勧めた。上総や下総での成功のお陰で、少しは理解が広まったようである。

深川診療所でも、若い医師たちが、ちょろ吉の腕から長い針で膿を取り、別の子供たちの腕に植えていた。

千晶も襷がけで手伝っている。そんな姿を見ながら、ちょろ吉は言った。

「おいらさ、とっかえべえ、やめる」

「なんで。あんたを楽しみに待ってる人もいるんだよ」

「いいや、おいら、藪坂先生みたいな医者になりてえ。そして、大勢の人を助けてえ」

「あんたの頭じゃ無理だと思うけど」

「うるせえ。なんでも頑張ったら、できないものはねえって、先生が言ってた。ご隠居様もな。だから、おいら……」

「分かった、分かった。そうしなさい」

笑いかけた千晶に、ちょろ吉は真剣なまなざしで頷いて、また腕を差し出した。

診療所の一角では——。

和馬と吉右衛門も納得したように窺っていたが、ぶらりと門外に出ていった。

「ようございましたな。高山家の御領内も憂いが晴れましたな」

「ああ、貝原村のような悲劇は二度とあってはなるまい」

「ええ、物事の真相を知らぬというのは恐ろしいことですな」

「真相といえば、おまえは一体、何者だ」

「は？　いつものご質問ですか……私は私ですが」

「藪坂先生も、結姫と篠崎殿も、不思議だと話していた。あの悪の権化のような家老の滝川が、まるで妖術でもかけられたかのように、おまえに服従したのだからな……何をしたのだ」

「──ここだけの話ですぞ。おっしゃるとおり、妖術です」

「真面目に答えてくれないか」

「至って真面目です。それより、あのふたりは夫婦になれるのでしょうかな。身分は違えど、惚れた者同士が添い遂げるのが一番でございますからな」

「それなら、もう公儀に届けられているはずだ。あの悪い家老親子も改心し、納得ずくでな。俺も一役買った」

「さいですか、ならば佐倉藩も安泰です。よかったよかった。ああ、よかった」

軽快に歩き出す吉右衛門を、和馬は見送っていたが、またうまく擦り抜けられた気がした。もっとも、和馬にとっても福の神だが、此度も多くの人々の福の神だったのかもしれぬと、心の中では納得していた。

江戸の空は今日も晴れやかに広がっていた。隅田川の土手には、ぽちぽち桜の花が咲き始めていた。

第四話　親切殺し

一

深川診療所は円照寺という破れ寺を借りて営まれているが、山門の斜め前に『錦鵠堂』という薬種問屋があった。錦鵠とは大きく立派で正しいという意味である。主は五十絡みのふっくらした面立ちで、物腰は穏やかで口数は少なく、物言いも聞き返さねばならぬくらい静かである。診療所の本堂には、阿弥陀如来が鎮座しているが、

――まるで阿弥陀様みたい。

というのが、『錦鵠堂』の主人・善左衛門への評判だった。

藪坂甚内からの信頼も篤く、処方の仕方も万全で、千晶や竹下真、宮内尚登ら、

若い修業医らも薬草作りなどを学びに来るほどだった。

善左衛門は日がな一日、店内の奥にある薬草室に籠もって、様々な漢方薬を作っていることが多い。が、ときに本所深川一帯を散策しながら、見知らぬ老人や子供らにも気さくに声をかけ、体の様子などを窺っていた。

たまに吉右衛門とも顔を合わすことがあると、たわいもない世間話はするが、ほとんどは短い挨拶程度だった。

ある日のことである。

大横川沿いで、鬼ごっこ遊びをしていた五歳くらいの子供が、走る勢いが余って橋から飛ぶように落ちてしまった。

考えるよりも先に、善左衛門は飛び込んで、巧みな泳法で、子供を背後から抱えるようにして、船着場の石段の所まで連れていった。助け上げた上に、たまたま持っていたという飴玉（あめだま）をやって、家まで送り届けたのである。

その一部始終を、たまさか吉右衛門も見ていた。自分も咄嗟（とっさ）に飛び込もうとしたが、すっかり〝お株〟を奪われた気分だった。

「いやあ、なかなか立派な御仁（ごじん）ですぞ。医は仁術（じんじゅつ）というが、薬作りも仁術ですな」

吉右衛門が誉め称えると、善左衛門は少し照れ笑いをしたものの、

「それより、子供が落ちないように、柵でも作っておいた方がよいですな。町名主に話しておきましょう」

と予防の策まで考えるから、大したものだと吉右衛門は感心していた。

別の日、ある神社の境内で、差し込みで苦しんでいる町娘がいた。やはり参拝していた吉右衛門は娘に近づいて、背負ってでも診療所まで行こうとした。

そこに散策中の善左衛門が通りかかり、印籠から何やら丸薬を出すと、娘に半ば無理矢理にだが飲ませた。すぐに、娘は嘘のように痛みが引いたと喜んで、深々と頭を下げて立ち去ったのだった。

「いやあ、お見事でございまするな」

吉右衛門が感服して誉めると、善左衛門はいつものように照れ笑いするだけで、

「一応、薬屋ですからな。こういう時にこそ、お役に立てて本望です」

と言うのだった。

「善左衛門さん、もしよろしかったら、蕎麦をあてに、一献、如何ですかな」

「あ、いえ。私は一滴も酒が飲めないものでして、不調法で済みません」

「そうでしたか。なら、蕎麦だけでも……」

「ありがたいですが、空腹ではありませんのでね。折角のお誘いを無下にお断りする

ようで、申し訳ございません」

「とんでもない。私は無聊を決め込んでますので、またいつでも」

「相済みません……」

　また頭を下げて立ち去ろうとして、善左衛門は立ち止まって振り返った。

「ところで、ご隠居さんは、どちらの御方でしたかね。藪坂先生の所でも、散策中にも時々、お目にかかりますが」

「竪川に近い菊川町の方にある、高山という旗本で世話になっております」

「お旗本でございましたか。これは、お見逸れ致しました」

「いえいえ、雇われているのです。飯炊きから、中間の代わりから、下働きです」

「いや、そうでしたか……でも、いつまでも無事息災で働いていられるのは、幸せなことでございます。いつまでも、お元気で」

　腰が折れるほど礼をして、善左衛門は立ち去った。その後ろ姿を見ながら、

「あそこまで謙虚な人は、なかなかおるまいのう」

　と吉右衛門はひとりごちた。

　別の日——その日は、春雨が降っていた。折角、咲いたばかりの桜も花びらを散らしてしまうのではないかと、心配するほど強い雨脚になってきた夕暮れだった。

新大橋の方に足を伸ばした帰り道、幕府御籾蔵の裏手にある路地から、

「うるせえ！　てめえ、この人でなしめが。今度、来たら、ぶっ殺すぞ！」

などと物騒な声が飛んできた。

怒鳴ったのは職人風の初老の男で、その後ろには、若い娘が怯えて立っている。

背中を向けていた羽織姿の男は、初老の男に胸ぐらを摑まれて、ぶっ飛ばされた。

仰向けに倒れた羽織姿の男は、水溜まりでびしょ濡れになりながらも立ち上がろうとした。

とっさに吉右衛門は、その羽織姿の男に手を貸したら——なんと、善左衛門だった。

「おや……『錦鵠堂』さんじゃないですか。一体、何があったのです」

善左衛門はいつもの照れ笑いを浮かべて、

「いや、参りました……では、また来ますから、どうぞ娘さんを大切に……」

と初老の男と吉右衛門に一礼し、傘も差さずに立ち去った。

吉右衛門が見ていると、

「爺イ。見世物じゃねえぞ。とっとと失せやがれ」

と初老の男は怒鳴りつけ、手にしていた鑿のようなものを振り上げた。吉右衛門には、後ろにいる娘のことが気になった。

「娘さん、大丈夫ですか」

「なんだと、このやろう。これは俺の娘だ。てめえに関わりねえんだよ、すっとこどっこい、厠の蛆虫」

「蛆虫扱いですか……娘さん、本当に大丈夫ですかな」

問いかけた吉右衛門に、娘は素直に「はい。本当に父です」と答えた。

それでも、吉右衛門には尋常と思えないので、近づいていくと初老の男がブンと鑿を振り廻した。脅かすだけで危害を加える間合いではないとは分かるが、娘の方が、

「お父っつぁん、もうやめて。このお爺さんは通りがかりの人でしょ。知らない人に、当たり散らさないで」

と声が強くなった。

舌打ちをした初老の男は、仕方がなさそうに鑿を引っ込めたが、吉右衛門はさらに近づきながら、

「何か困っていることがあれば、お話し下さいませんか。私は、この竪川を東に行った菊川町の高山という旗本の奉公人です」

「――旗本……」

初老の男はわずかにギクッとなったが、関係ねえと呟いて部屋に戻った。さらに吉

右衛門が何か問いかけようとすると、また娘の方が謝って、

「本当に大丈夫ですから。どうぞ、お引き取り下さいませ。ありがとうございます」

と頭を下げ、自分も長屋に戻り障子を閉めた。

その時は、引き上げる吉右衛門だったが、なぜか寝付けないほど気になって、翌日も御籾蔵近くにある長屋を訪ねた。

いつものお節介といえば、それまでだが、あの人の良い『錦鵠堂』の主人に鑿を振り廻すなど、ただ事ではないと思ったのだ。

「こんにちは」

吉右衛門が声をかけると、長屋にしては広めの土間で、昨日の初老の男が真剣な顔で、木工細工のようなことをしていた。工房と住居を兼ねているようだ。

「――誰でしたっけねえ」

初老の男は頭に巻いている手拭いを、少しずらしながら訊いた。

「きのう、雨の中で……『錦鵠堂』の主人と、ほら……」

と言いながら、手土産にと『蒼月』の最中を渡そうとした。

初老の男は仕事の邪魔をしないでくれとでも言いたげに、溜息をついた。が、悪態を見せることはなかった。昨日とは気分が変わったのであろう。

「箪笥(たんす)職人さんなんですってね。銀蔵(ぎんぞう)さん。近所の人に聞きました」

「用件はなんです」

「どうして、あんなに怒鳴りつけたりしてたのかなと思いまして」

「すまねえな。おまえさんにゃ、関わりないことなのに」

素直に銀蔵は謝った。

「いいえ。それは、いいのですが、『錦鵠堂』さんといえば、誰もが感謝することはあっても、罵(ののし)られるような人じゃないと思いましてね。ええ、私も良く知っておりま す」

「何を知ってるんで」

「そりゃ、まあ、色々と……」

「大して知りもしないのに、あんな奴のことを誉めたりしてると、ご隠居さん……あんたの方が笑われることになるぜ」

「どうういうことでしょうか」

「…………」

「さしさわりがなければ、お教え願えませんか。まあ、確かに余計なことかもしれませんが、なんというか、そういう性分なんで」

申し訳ないように吉右衛門は言ってから、奥にある越前簞笥のような風格と気品のある簞笥を見た。

「ああ……それは良い簞笥ですね……私もひとつ欲しいな」

吉右衛門が言うと、銀蔵は苦笑して、

「そう言ってくれれば嬉しい。だが、その簞笥は紛い物だ」

「紛い物……？」

「高級そうに見せてるだけでね。向こうの桐の簞笥に見えるのも、白くしたただの杉……あっしは、誰でも使える安物の簞笥を作ってるんですよ」

「へえ、そうでしたか……それにしちゃ、お見事だ。うちにもひとつ頼めませんかね。なんたって、貧乏旗本で食うにも困って、先祖代々の簞笥やら壺やら、ぜんぶ売り飛ばしてしまってますから……あ、いえ、話はそれじゃなかったんだ」

誤魔化すように吉右衛門が言うと、おかしな爺さんだと銀蔵は言って、

「偽物だからって、開け閉めが円滑じゃなきゃいけねえし、着物や帯なんかが湿ったり傷んだりしちゃ困る」

「でしょうな」

「だから、俺みてえな安職人でも、けっこう神経を磨り減らしながらやってる。簞笥

職人てなあ、親子何代も受け継いでる技があって、ガキの頃から親の側で見てねえと、身につかねえ仕事だ」

材木の産地に拘ることはないが、良い木地作りをしないと、その後の組立てや引き出し作り、扉作り、塗りや金具付けなども、ぜんぶ駄目になる。箪笥職人というのは、人形細工のように色々な部分を手分けして作るのではなく、すべて一から百数十ある工程を、自分ひとりでやると銀蔵は話した。

その話しっぷりには、さりげない自信に満ちていたから、吉右衛門も思わず聞き入ってしまった。

「特に、引き出し作りは難しい。本体の間に少しでも隙間があると、虫食いや黴で、着物がやられちまうからよ。こちとらの腕にかかってくるわけだ」

「なるほど……」

「いくら紛い物でも、信頼を失っちゃおしめえだ。高級な箪笥に負けねえ、親子三代でも使えるようなものを作るのが当たり前……その前に、この家の方が潰れそうだがな」

銀蔵は手を止めないで、ひとしきり話してから、

「箪笥には裏表がある。引き出しや扉のある前と、壁側にあって人に見せることのな

い裏側……あるいは取っ手金具のある表と引き出しの内側……その表裏が一体となって、いい箪笥が出来上がるんだ……裏がシッカリしてねえと、腐っちまうんだ」

と説教臭い感じになった。そして鑿の動きを止めてから、吉右衛門を見ると、

「あいつは裏が腐ってるから、いくら表を繕(つくろ)っても、信頼できねえんだ」

そうキッパリと断言した。

「『錦鵠堂』の善左衛門さんのことですか……」

「ぜんざいじゃあるまいし、甘ったるい名前だって、本当かどうか分かったもんじゃねえ……所詮は騙(かた)り屋みたいな奴だ」

悪し様(あしざま)に言ったとき、また感情が昂ぶったのか、銀蔵は鑿を強く握りしめた。が、すぐに思い直したように、仕事を続けた。

「――でも、この仕事も俺の代で終わりだ」

「どうしてです」

「子供は、娘のおみよひとりしかいねえし、惚れた男はただの商家の奉公人だ」

「言い交わした相手がいるのですね」

「悪い奴じゃねえよ。むしろいい奴だと思うがな。義平(ぎへい)って奴で、善左衛門みてえに腐った裏はねえ男だしな、娘のことを本当に大切にしてくれてる」

銀蔵は諦(あきら)めにも似た笑みを洩らし、

「ご隠居さん……『錦鵠堂』とどういう付き合いか知らねえが、あいつとは関わらねえ方がいい……俺が言えるのは、それだけだ。とにかく、用心しときな。何をされるか、分かったもんじゃねえよ」

と言った。自分以外にも被害に遭った者はゴマンといるだろうと付け足した。

それ以上のことを、吉右衛門は聞くことはできなかったが、よほど酷いことをされたのであろうことは想像できた。

「もし、困ったことがあれば、いつでも来て下さい。うちの主人、高山和馬はちょっと変わってて、人助けは大好きなので」

「別に困ったことはありやせんよ。お心遣いありがとうございやす」

銀蔵は軽く頭を下げた。吉右衛門は木工をしている姿をしばらく眺めてから、工房から出ていくのであった。

二

北町奉行所の同心部屋では、定町廻り、臨時廻り、隠密廻りが一同に会して、探索の話し合いをしていた。

三廻りは、江戸市中の治安維持が使命だが、南北合わせて、わずか三十人ほどしかいない。この数で、五十万人の町人を守り、犯罪を取り締まるのは無理であるから、岡っ引や下っ引などの御用聞きがいる。

町々には必ず自身番と木戸番があり、武家には辻番が立っていた。総勢一万人ほどいる町火消らも巡廻しているので、表だって犯罪が起こることは稀だった。

だが、役人の目の届かない所では、いつの世も悪事は宿痾のように蔓延っていた。無宿人や渡世人など裏社会でなくても、色々な犯罪が江戸には巣くっていたのである。

定町廻り筆頭同心の内田光之助は、密かに広がりつつある阿芙蓉……つまり阿片について、しっかりと探索するよう命じていた。その中で、古味覚三郎はあくびを嚙みしめながら聞いていた。

「分かったか、古味……」

内田が声をかけると、ビクンと背筋を伸ばして、古味は大きく頷いた。

「はい。うどんより蕎麦の方が好きです」

「聞いてなかったのか。阿片の話だ」

「もちろんです。私は阿片などという御禁制のものには手を出しません」

「当たり前のことを言うな。もういい。おまえは寝てろ」

苛々と内田が言うと、見習いから上がったばかりの若い同心・宇都宮孝次郎が、得体の知れない濁った黄土色の塊を出した。

「清国から渡ってきた芥子の実の汁を、固めたものです。阿片の一種ですが、これは特殊な作り方をしているらしく、ふつうよりも強い効能があるそうです」

宇都宮が説明すると、川本俊吉ら他の同心たちも真剣なまなざしで聞いていた。

「長崎奉行所役人や御殿医などから、密かに出廻っており、町医者などが患者に施しているとの噂もあります。たしかに、阿片は激しい痛みを止めたり、気付け薬や咳止めなどにはなりますが、使いすぎると腸の動きを抑えて、便通が悪くなります」

古味以外の一同は黙って、真剣に聞いている。

「便秘くらいなら、まだよいのですが、繰り返し使っていると癖になり、廃人同然になってしまいます。にも拘わらず、老人には強壮剤として、女には媚薬として使えるとの噂が広まり、色街に限らず珍重されておる様子……なんとも出鱈目ばかりで困ります」

「うむ。阿片が依存症になることは、昔からよく知られていることだ。で、それを売り捌いている者の見当はまだつかぬのか」

内田が訊くと、宇都宮は鋭意探索中だと答えた。他の同心たちも、懸命に探しているが、闇の商売であるから、おいそれと捕まるわけがないのだ。

もし誰かを捕らえたとしても、それは単なる小遣い目当ての〝売り子〟に過ぎず、その上で操(あやつ)っている者、さらに裏にある大きな悪の巣窟(そうくつ)まで辿り着くことはできない。だからこそ、町奉行所では同心だけではなく、裏社会の者も利用して、〝本丸〟を探そうとしているのだ。

「売人も数人の話ではありません。恐らく数十人、いや百人を超えているとも……芋(いも)蔓(づる)のように引っこ抜ければよいのですが」

「そうだな。このままでは、罪もない女子供にも使われるやもしれぬ。徹底して探し出さねば、江戸は闇の中だ」

内田がハッパをかけたとき、同心部屋を覗いた背の高い役人がいた。

内与力(うちよりき)の辻寿之輔(つじとしのすけ)である。三廻りは同心専任職であり、内勤の同心のように、上役に与力はいない。だが、辻は奉行所役人の与力ではなく、奉行付きの与力である。つまり、奉行の家臣から選ばれる。

「あっ。これは辻様、さあ、どうぞどうぞ。こちらへお座り下さい」

真っ先に座布団を差し出したのは、うたた寝をしていたはずの古味だった。〝鬼の覚三郎〟という異名があるが、弱い者には袖を要求し、上役には胡麻をする、同心の風上にも置けぬ役人だった。

だが、辻は廊下に立ったままで、

「いや、ここでよい。お奉行から様子を聞けと頼まれたのだ。私も隠密のように町場を歩いてみたが、気になる者がおる」

「と、おっしゃいますと」

古味は擦り寄るように、辻に近づいた。

「実は徒目付の中に、阿片の売人と繋がっている者がおるのではないか。そんなことを耳にしたのだ」

「そいつなら、もう見当つけてます」

自慢たらしく古味が言うと、内田たちは一斉に振り向いた。

「石崎主水という徒目付組頭です。私、こう見えて、やるべきことは、ちゃんとやってます。御託だけ並べて結果を出せぬ輩は、役立たずと申します」

調子に乗って古味が言っていると、内田が叱責した。

「知っていたのなら、なぜ先に言わぬ」

「徒目付は、なんといっても旗本や御家人を取り締まる役人ですぞ」

古味は目が覚めたのか、内田に答えた。

徒目付は、若年寄支配の旗本職、目付の配下である。江戸城内の宿直を行い、大名や公儀役人の登城の折の見張り役、江戸市中における旗本や御家人などの動きの内偵などもしていた。総勢、四十人は下らぬ。

役高は町方与力よりも低い百俵五人扶持だが、組頭となれば与力と同等で、旗本・御家人の〝監察官〟みたいなものだから、役人にとっては目に見えない圧力があった。しかも、江戸城本丸御殿の玄関脇に執務部屋があるため、権威も高かった。

さらに、目付には限定的ではあるが、裁判権もある。町方同心が下手に動くと、その気になれば、何か罠を仕掛けられ、同心としての首が飛ぶかもしれぬ。

中でも、〝御用組〟という隠密探索だけをする者たちがいる。〝御用組〟には、無役の小普請組旗本や御家人も任命され、組頭には、老中や若年寄が直に密命を与えることがあった。

「だから……私たち町方同心が下手に手を出すと藪蛇になる。熊蜂の巣を突くよりも酷いことになりかねない。本当に隠密探索をしているだけかもしれませぬ。いずれにせよ、じっくりと構えて、裏で操っている奴を炙り出そうと考えております」

もっともらしく言う古味に、

「なるほど。そういうことなら、私も力を貸すので、何なりと申し出て下され」

と辻が力強く言った。

「では、辻様……お奉行の遠山様に、北町の定町廻りの古味覚三郎が頑張っていると、どうぞ宜しくお伝え下さい」

古味は揉み手をしながら、恥ずかしげもなく言うのだった。内田は呆れ果てて、殴ってやろうかという仕草をした。

探索の話し合いが終わり、北町奉行所の門を出た古味は、町場の巡廻などはせず、一目散（いちもくさん）に八丁堀組屋敷に帰った。一旦、着物を着替え、浪人風の姿になって、永代橋から富岡八幡宮の方へ向かった。

来たのは、深川診療所門前にある薬種問屋『錦鵠堂』の近くの茶店だった。のんびりと茶をすすっている熊公がいる。その頭を、古味はいきなりバシッと叩いた。

「いてえ！　なにすんだッ……」

と言いかけて、声を荒げるのを止めた。

「なんだ、旦那ですかい……そんな格好だから、ぶっ飛ばすところでしたよ」

「おい。何十本、団子を食ってんだ」

皿に残っている串の数の多さを見て、古味は文句を言った。

「俺は払わないからな」

「そりゃないでしょ。ずっと見張ってるだけでも、腹が減りますよ」

「こんなに団子代払ってりゃ、こっちが、おまんまの食い上げになっちまうんだよ」

「でも、阿片売人の元締めをお縄にしたら、お奉行様から金一封だ。いや、それどころか、御老中様からもお褒め下さり、筆頭同心も目に見えてきますぜ」

「だな……それより、どうだ。俺の睨みどおり、『錦鵠堂』が怪しいか」

「全然——」

あっさりと熊公は答えた。

「もう何日も張ってますがね、特に怪しい動きはないし、それどころか、惜しげもなく親切のやり放題」

信じられぬという顔で、古味は唸った。

「ついさっきも、店の近くで、具合悪そうに佇んでいた老婆……これが目病なのか、あまりよく見えないみたいで……この人の手を引いて、深川診療所に連れていってあげて、薬代から世話代まで、払ったんだってさ」

「だから、怪しいってんだよ」

「そんな穿った見方しなくても。旦那の心の方が歪んでる。近所の人たち誰もが、阿弥陀如来みたいな人だって噂してますぜ」

「阿弥陀如来ってどんな人だよ」

「どんな人って、人じゃなくて仏様ですよ。ええ、無限の寿命を持ってて、無量寿如来とも呼ばれて、限りない光と命を持ってるから、この世の人々を沢山、救い続けて、悪人でも行ける西方極楽浄土の……」

「もういいよ。こんなに食って仕入れたのは、それだけかよ」

「本当にいい人ですよ。あの吉右衛門さんも仲良しらしく、この前、一緒に散歩してやしたぜ。何やら楽しそうに」

「高山家のご隠居か」

「ええ、あの人と知り合いなんだから、やっぱり仏みたいな人じゃありませんかねえ、『錦鴇堂』のご主人も」

　バシッと古味はまた、熊公の頭を叩いた。

「おまえは、何処に目を付けてんだ」

「ここです」

　目を指すと、その手首を顔面に押しつけた。「あたたた」と痛がる熊公を、まるで虐めるように古味は「バカか」と怒鳴りつけた。

「善左衛門がいい人だって評判は誰もが言ってることだ。藪坂先生までもな」

「だったら、悪党じゃないでしょ」

「その誰にも親切ってのが、一番怪しいんだよ……プンプン臭う」

「──俺、屁はひってませんよ」

「あいつがだよ。俺と同じ臭いがする」

「屁がですか」

「完全にいい人なんか、この世にいるわけがねえんだ。親切の裏には何か狙いがあるんだ。金が儲かるとか、嘘を隠せるとか」

「どうして、旦那はそんなことが分かるんです」

「俺もそうだからだよ。散々、親切ごかしはしてきた。だから、あいつが阿片を扱いていることは間違いねえ」

「いきなり、そこですかい」

「あいつは絶対に関わってる。俺の同心としての鋭い勘だ」

古味の目が真剣になったとき、善左衛門が表に出てきた。番頭は置いておらず、修助と海老八という若い手代がいるだけだから、出かけるときはいつもひとりである。

腰掛けから立ち上がった熊公を制して、

「おまえは、店に出入りする奴を見張ってろ。怪しい奴がいれば、素性を探れ」

「へえ……」

「俺が奴を尾ける。なんとしても、阿片の元締めをこの手で縛り上げる」

「旦那……どうして、そこまで……とても、正義感からとは思えねえんですが」

「俺もそれだけじゃ動くもんか」

古味はあっさりと認めて、善左衛門を尾け始めるのを、熊公はまだ隠し持っていた団子に食らいつきながら見送っていた。

三

富岡八幡宮の表参道から路地を入ったところに、美味い蕎麦屋があって、天麩羅も軽くサクサクと揚がっていて美味い。

吉右衛門は、天ぬきを頼んで、ちびりちびり酒を飲んでいた。天ぬきとは、天ぷら蕎麦から蕎麦を抜いたものだ。江戸っ子らしい名称だと、いつも吉右衛門は感心していた。

「まっ昼間から酒も乙なものでしょ」

微笑(ほほえ)みながら吉右衛門が銚子(ちょうし)を差し出すと、今日は素直に善左衛門は受けた。

奥の小上がりである。誰にも邪魔されず、ひそひそ話をするのにも丁度いい。しばらく世間話や体の調子の話、症状に合わせた薬の話などをしてから、吉右衛門はさりげなく銀蔵の話を持ち出した。

「なかなかの腕前の箪笥職人らしいんで、うちでも主人に頼んで、奮発して作って貰うことにしたんです」

「銀蔵さん……」

「ええ。この前、ちょこっとお会いしましたね。なにしろ、貧乏所帯で家具ひとつありませんから、それではあんまりなんでね」

「そうですか……それは、ようございました」

「ところで、銀蔵さんとは何かあったんですか」

「いや、別に何も……」

善左衛門は微笑みながら、首を横に振ったが、吉右衛門は天ぬきを食べたり、啜(すす)ったりしながら続けた。

「娘さんがひとりおりましてね、おみよさん、でしたかな。どこのお店か知らないけれど、言い交わした相手がいるらしく、それだけが楽しみらしい」

「――ご隠居さん。どうして、奴の話なんかを……？」

「あなたを突き飛ばしたりしたから、私、文句を言いに行ったんです。そしたら、あなたの悪口ばかりでね。でも、善左衛門さんは誰もが信頼している親切な人ですからって、話しておいたんです」

吉右衛門は善左衛門の味方だと念を押した。

「これは、相済みませんね。ご隠居さんに余計なことをさせてしまいました」

「いいえ。私もね、あなたのような方が、人を陥れて金を強請ったり、若い娘を誑かして女郎屋に売ったり、阿片を捌いたりしてるなんてことは、到底、思えないんです」

いきなり核心に迫るような吉右衛門の言い草に、善左衛門は警戒する目になった。が、吉右衛門は酒を飲みながら、

「ありえないですよねえ。でも、銀蔵さんは悪し様に言うばかり、どんな目に遭わされたのか知りませんが、私は人の悪口や噂話、ましてや妬み嫉みの類を言う人間、一番嫌いでしてね……あ、今、銀蔵さんの悪口を言ってるか。こりゃ、いかんいかん」

と笑った。

黙ったまま善左衛門は聞いていたが、ふいに立ち上がると、

「仕事を思い出したので、失礼致します。又今度、ゆっくりお話ししましょう」

「また今度と幽霊は出た試しがないというので、あとひとつ宜しいですか」

「──なんでしょう……」

「あなたは、銀蔵さんの娘、おみよさんが、悪い男たちに襲われたときに、助けに入ったそうですね。ええ、橋から落ちた子を助けたように、色々な人が見てました」

「………」

「そして、おみよさんを襲ったならず者たちに、お金を渡して解決したとか。でも、その後で、ならず者に渡した金を返せと、銀蔵さんに迫ったそうですな」

「誰が、そんなことを……」

「お節介者で暇なので、ちょいと調べたんです。そしたら、少しずつ色々なことが分かってきました」

「何が分かったというのです」

「銀蔵さんだけではなく、色々な商人や職人を助けては、金を後でせびってた」

「せびってた……人聞きの悪いことを言わないでくれますか」

ほんのわずかだが善左衛門は、いつもと違う雰囲気になって、座り直した。

「いいですか、ご隠居さん……たとえば、借金に苦しんでいる親子がいる。取り立てが厳しい。たまたま見かけた私が、立て替えて払った。返すのは当たり前でしょう」

「利子までつけて」

「多少は付けますが、両替商なんかより随分と安いと思いますね。ちょっと言葉は悪いですが、親切も只ではないってことです」

ハッキリと物申した善左衛門に、なるほどと吉右衛門は頷いた。

「では、義平さんについては、どうですか」

「義平……」

「おみよさんと言い交わした男……こいつは、結構なワルらしく、女を誑かしては、阿片を吸わせたりしてるそうなんです。そして、体が中毒になったところで、女郎屋で働かせる……ええ、阿片欲しさに、春をひさぐ女にされてしまうのですな」

「なぜ、そんな話を私に……」

「だって、阿片の出所が、『錦鵠堂』さんだからですよ」

「バカなことを言わないでくれ」

さすがに腹を立てて、善左衛門は食台を叩いた。天ぬきの残り汁が派手に零れた。

吉右衛門は着物が汚れたが、平気で続けた。

「義平って若い男が『錦鵠堂』によく立ち寄るのは、それこそ近所の者が見てるんです。知り合いですよね」

「………」

「どこの店の手代なんですか。銀蔵さんは、商家の奉公人だと信じてるようですが、本当は違うんでしょ」

吉右衛門が迫ると、善左衛門の目が俄に鈍い光を帯びて、

「ご隠居さん……あなたも随分と、色々な人に親切を施していると聞いてます。深川診療所の藪坂先生なんか、福の神とまで呼んでますよ。でも、本当は何者なんです」

「高山家の奉公人です」

「それは仮の姿……親切な顔をして、裏で悪さを企む人間なんて、この世にゴマンとおります。あなたも、どうやらその類のようですな……私を脅して、幾ばくかふんだくりたい。そう思ってるんでしょ。だから、銀蔵なんかを調べて、それをネタに私を脅す……そうは問屋が卸しませんよ」

誰にも聞こえないような低い声で言ったが、善左衛門の顔はぞっとするほど嫌味な顔に変貌していた。

「忠告しておきます……私を脅しても無駄です……そっちが大怪我するだけです」

善左衛門は静かに言うと席を立ち、小上がりから出て草履を履き、店の外に向かっ

た。吉右衛門が見送ろうとしたら、すぐ近くに座っていた着流しの侍が、刀を腰に差しながら尾けようとした。

「おや。古味の旦那じゃありませんか。北町の旦那が、そんな姿でどうしたんですか」

吉右衛門が声をかけると、古味は「シッ」と指を立てたが、気付いた善左衛門は振り返って、一瞬だけ睨んだ。そして、そのまま表に逃げるように立ち去った。

「おい。ご隠居、あんたわざと声をかけてきただろう」

「だって、そこでずっと聞いてたんでしょ、私たちの話を……あれは相当の狸ですよ。搦め手でいかないと、騙されてドロンです」

それでも、古味は店の表に飛び出していった。店の主人が、「あ、蕎麦代」と声をかけたが、古味は、

「その爺イが払うってさ」

と姿を消した。

「ええ。私がご馳走しますよ。金一封を貰ったら、奢り返して貰います」

頷いた吉右衛門は、何か企んだようにニンマリと笑った。

四

深川診療所には、この一月ほどで、体の具合が悪い患者が増えた。明らかに阿片に依存していた者であろうと思われた。

　乱用や常用は、慢性の中毒症状が起きて、何もする気がなくなり、いつも疲れており、眠りも浅い。やがて、妄想を見たり、精神が錯乱した上で、体が衰弱するのだ。そのまま死に至る者もいる。

　ずっと俯いていたり、ぼんやり何処か遠くを見たり、目が泳いで心ここにあらずの患者たちが、離れ部屋に座っている。発作が起きてはいけないので、千晶や竹下、宮内らが交替で見ていた。

　そんな中に、目も虚ろで廃人のように、ポカンと口を開けて虚空を見ている若い武家娘がいる。地味な着物だが、これは本人のではなく、診療所で貸しているものだ。

「お葉さん……ほら、食べないの。美味しいわよ」

　千晶が焼き芋を割って手渡そうとするが、受け取りもせず、ぼんやりしている。心配そうに顔を覗き込むと、青黒い隈が目の周りにできており、精気がほとんどない。

「先生……大丈夫かしら」

廊下から入ってきた藪坂が、様子を窺って、

「日に日に悪くなるな。治す薬はない。時をかけて、毒気を抜くしかないのだが、中毒の発作が起きれば、またぞろ大変だ」

「なんとかなりませんか……」

「うむ……こうして、少しずつ患者が増えているということは、売人が暗躍しているということだ。お上は何をしてるのだ」

藪坂が腹立たしげに言ったとき、縁側の外に、古味が訪ねてきた。

「──ああ、鋭意探索中だ」

「旦那。お葉さんも、この調子だ。なんとかしなきゃ、取り返しのつかないことに」

「先生……なんとか、助けてやってくれ……お葉は、俺のたったひとりの肉親なんだ……妹の娘なんだ……この子がいなくなったら、俺は……こんな形でお葉に何かあったら、早死にした妹に顔向けできぬ」

古味が唇を嚙みしめながら言うと、千晶は知らなかったらしく、

「旦那の姪御さん……そうだったのですか。それで、古味の旦那はいつになく、探索を頑張ってるのですね」

「いつになくは余計だ」

言葉は強いが、言い様は弱い。古味らしくない、情け深い人に見えた。

「この子は、小さい頃から絵を描くのが好きで、日がな一日、いつも絵筆を動かしていたが、ある日、ピッタリと描かなくなった。妙だなと思ってたんだが、どこで覚えたか阿片を……なあ、お葉。しっかりしろよ、おい」

声をかけても、お葉は古味を振り返ることもしない。

「とにかく、気長に治療しましょう。まだ禁断症状は出てませんが、そうなると本人が地獄のような苦しみになる。旦那は、売人一味を一刻も早く捕まえて下さい」

「ようやく目星が摑めた。後は証拠固めだ……殺しや盗みと違って、証拠を何もかも消されてしまうからな」

「手掛かりがあるので？」

「ああ。そこで、藪坂先生。ちょいと手を貸して貰いたいことがある」

「なんなりと」

古味が藪坂を手招きして、何やら耳打ちを始めるのを、千晶は不安そうに見ていた。お葉は相変わらず、まったく心がない。

その日の夕暮れ――。

藪坂は『錦鵠堂』に出向いて、善左衛門に会い、幾種類かの薬の調合を頼んだ。

店は善左衛門と手代ふたりだけである。手代といっても、いずれも小僧のような年頃で、主人ひとりで成り立っている店だ。

いつものように穏やかな笑顔で接する善左衛門は、古味から聞いたように、阿片を扱っている悪人には見えなかった。もっとも、その話は吉右衛門からも耳に入っていたので、素直に訊いてみた。

「阿片はあるかな、ご主人」

「えっ、阿片ですか……御禁制のものはありません」

「知ってると思うが、診療所にも何人か阿片中毒の患者がいる。この者たちは、なんとしても助けねばならぬ」

「ええ……」

「それは、それとして……外科の手術をするときには、麻酔をかけねばならぬ。長崎で学んだ事を有効に患者に施すには、強い痛み止めがないと何もできぬ」

藪坂は声を少し低めて頼んだ。

「幾ばくか高い金を払ってでもいい。分けてくれぬか」

「――そうおっしゃっても、手前どもにはないのです。漢方で痛みを減らすものなら、なんとか調達できますが」

「いや、これまでのでは無理だ。今すぐにでも、腹を開けて悪い病巣を取らねばならぬ、大変な患者がおってな。何とか頼む」

「そう言われましても……ないものは、ないのです……」

困ったように断る善左衛門だが、藪坂は居直って悪態をついた。

「ここまで頼んでも嫌だと言うのか」

「先生……」

「ならば仕方があるまい。金輪際、『錦鵠堂』との付き合いはせぬ」

藪坂は立ち上がり、善左衛門を睨みつけ、

「俺は知っていることを、お上に伝えるまでだ。たしかに、おまえがこれまでやってきた酷いことは、阿片を除けば法に触れることではあるまい。だが、そのお陰で苦しんだ人々がいることを忘れるな」

「…………」

「薬種問屋は人の命を預かるのが仕事。おまえは患者を見捨てた。そういうことだ」

吐き捨てていこうとする藪坂に、苦笑しながら善左衛門は声をかけた。

「なるほど。やはり人間とは恐ろしい」

「──なんだと」

「下手に出てきて、自分の思いどおりにならないと逆にキレる。みんなそうだ。助けて貰いたいときは、哀願するのに、喉元すれば、知らん顔だ……藪坂先生。医は仁術なりと評判のあなたも、そういう人間だということが、よく分かりましたよ」

「………」

「こちらこそ、取り引きはお断りです。さあ、お帰り下さい」

負けじと善左衛門が言うと、手代には薬を作ると奥の部屋に引っ込んだ。

釜には薬草が煮えており、きつくて苦い臭いが広がっている。薬研の前に座った善左衛門は、腹の虫が治まらないのか、ゴリゴリと薬研を挽き始めた。

すると、離れの方から、若い男が来て、

「いいんですかい。あんなことを言って。後悔しやすよ」

と言った。

役者のような二枚目で、着物の色合いも着こなしも粋である。女好きのする身のこなしも、持って生まれたものか華やかだった。

「余計なことは言うな、義平。おまえは私の言うとおり、たらし込んだ女に、阿片を吸わせればよいのだ」

「へえ、承知しておりやす。でもね……」

　義平と呼ばれた若い男は、苦笑い浮かべながら、申し訳なさそうな声になった。

「なんだ。手当てなら、充分過ぎるほど渡していると思うがな」

「そうじゃありやせん。おみよという篳篥職人の娘のことですが……」

「銀蔵のだな」

「ええ。今度ばかりは、勘弁してくれやせんかね。その代わり、他のを探してきますんで……どうやら、本気に惚れやして」

「えっ……おまえがか」

「へえ。恥ずかしながら、本当に好きになっちまいやした。だから、この女だけは……いや、まだ夫婦になろうとか、そんな話じゃないんですが、岡場所なんかで他の男と……ってのは、耐えられねえんで」

　恐縮したように頭を掻くと、善左衛門は大笑いして、しまいには腹を抱えた。

「こりゃケッサクだ。百人切り、千人切りの義平様が、あんな小娘に……あはは、笑いが止まらん。おまえも焼きが廻ったな」

「あっしも自分で変だと思いやす」

「どうせ、女なんざ、すぐに飽きる。が、まあ、いいだろう。その代わり、他の獲物を捕まえてくるのを忘れるなよ」

「もちろんでさ」

「他の売人の、文治やお菊たちにも、油断するなと言っておけ。町方がうろうろしてるからな。きっと藪坂も、古味に頼まれたのだろう。姪っ子が、おまえの毒牙に引っかかったのだからな」

「へえ、あっしも気をつけておきます」

「だがな、義平。これだけは言っておく。おみよにも心は許すな。とんでもねえしっぺ返しを食らうぞ」

「分かってやす……散々、善人面した奴に騙されて、死に追いやられそうになったのを、助けてくれた善左衛門さんには感謝しておりやす。これに嘘偽りはありやせん」

「もう何度も聞いた。しばらくは出入りするな。おまえのためにもな」

善左衛門は義平だけは信じているのか、優しい目になって頷いた。義平も丁寧に手をついて礼をすると、裏手から出ていった。

——ふう……。

深い溜息をついて、善左衛門は何気なく部屋を見廻した。立ち上がり、離れの方や裏手、廊下の奥、階段から二階の部屋のあちこちを、歩き廻った。特に理由はないが、

——誰かに見られている。

ような気がしたからだ。だが、鼠一匹いなかった。

ただ、がらんとした部屋に、じぶんひとりがいることが、何となく宙ぶらりんのような気がして、心が塞いだ。

翌日、案の定、深川鞘番所から呼び出しが来た。

古味や藪坂が訴え出たのであろうことは、想像に難くなかった。だが、善左衛門には、言い逃れができる自信があった。

そもそも阿片の塊など、店にも蔵にも置いていない。義平たち売人も在処を知らない。万が一、義平たちが喋っても、売人たちは元々、臑に傷を持つ者ばかりだ。こっちで罪をでっち上げれば、みな死罪か遠島だろう。

善左衛門は何も恐れていなかった。

鞘番所に出向くと、古味の他に見慣れぬ役人がいた。北町奉行・遠山左衛門尉の内与力、辻寿之輔である。辻は名乗ってから、

「聞きたいことがある。おまえだけにではない。江戸中の薬種問屋に尋ねておる」

「なんでございましょうか」

「阿片のことだ……実はな、密かに阿片が出廻っており、大勢の人々が喘いでおる」

「そうなのですか。知りませんでした」

惚(とぼ)ける善左衛門を、辻はじっと睨みつけて、

「気にならぬのか。阿片が出廻っていると聞けば、ふつうは驚くがな」

「…………」

「これは公儀が密かに調べておったことだ。他の薬種問屋らは、一様に吃驚(びっくり)しておった。そもそも、阿片を手に入れる手立てすら分からぬのがほとんどだ……ところで、おまえは、どこで阿片を仕入れた」

いきなり核心に食い込む辻に、善左衛門は平然と分からないと答えた。

「舐(な)めるなよ、善左衛門。証拠は挙がっておるのだ」

「いいえ。私はそんなことは一切、しておりません。何かの間違いです。疑うなら、店を調べるなり何なりして下さいませ」

「言われなくとも、町方が今、調べておる」

「――さようでございますか」

さほど善左衛門は驚かなかった。呼び出したのは店を留守にさせるためだということくらい、分かっていたからだ。

「正直に言った方がいいぞ。今なら、人殺しにならずに済む」

「人殺し……」

「おまえが扱った阿片のせいで人が死ねば、おまえは人殺しだ。三尺高い所に首を晒されることになる」

「…………」

「事実、古味の姪も死にかかっておる。他にも小石川養生所、町医者などで五十人余りが、明日をも知れぬ容態だ。気が咎めぬか」

辻は強い口調で責めた。だが、善左衛門は意に介さぬように首を左右に振り、

「私は何も関わっておりません」

と否定した。

「そこまで、おっしゃられるのでしたら、証拠を持ってきて下さいまし」

「義平が吐いた。古味と岡っ引の熊公に問い詰められてな」

「義平……誰ですかな、それは」

「そこにいる」

顎で示すと、牢部屋の方から、番人に連れてこられた義平がいる。申し訳なさそうに俯いていた。

「善左衛門。おまえは、こいつと他にも数人の売人を使い、男には女を、女には男を

誑かせて、阿片を売りつけていた。さよう相違ないな。正直に申せ」

「そんな男は知りません」

「おまえの店に何度も出入りしているのを、岡っ引が見ておるのだ」

「では、泥棒にでも入っていたのでしょう。私を責める前に、その男の素性を調べてみて下さい。そいつが出鱈目を言ってることが、すぐに明らかになるでしょう」

「もう調べておる……こやつは、あるやくざ者に殺されそうになったところを、おまえが金で救った。その後で、売人にした。すべて分かっておるのだ。もはや、言い訳をしても無駄だ」

　辻がさらに迫ると、善左衛門は呆れ果てた顔になって、

「こうやって、お上は、罪もない人間を陥れ、冤罪を作るのですな……子供の頃から、真面目に働いて、一生懸命、世のため人のために働き詰めに働いて……こんな目に遭わされるとは、阿弥陀如来様も無慈悲なことをなさるものだ」

　と声を洩らした。

「毎日、毎日、薬を煎じて作り、深川診療所にも届け、その時はいつも、本堂の阿弥陀如来様に拝んでます。金なら、薬種問屋『錦鵠堂』として、過分なほど稼いでおります。私は身内は誰ひとりおりません。手代ふたりと自分の食い扶持があれば充分

……阿片で儲けて、一体、私が何をしたがっていると言いたいのですか……情けない……どうして、こんな目に遭うのか……」

切々と訴えながら、善左衛門は己を憐れんでいた。

「――いいですよ。私は何もしてません……でも、罪人だというのなら、牢にぶち込むなり、この首を刎ねるなり、お好きになさって下さい……こんな世の中は、もう嫌だ……無実の罪で殺されれば、あの世で、阿弥陀如来様が、あなたたちに代わって、謝ってくれるでしょう」

はらはらと涙を流し始めた。だが、阿片を扱っていることは、一切認めなかった。

尋問の間に、町方役人が『錦鵠堂』を隅から隅まで調べたが、阿片は小さな欠片すら見つからなかった。

だが、この日は、善左衛門は、鞘番所の牢部屋に留められることになった。

「理不尽なことだ」

と嘆いたが、大人しく従うしかなかった。

五

真夜中、深閑としている中で、善左衛門はハッと目が覚めた。いや、うとうとしていたのだが、ずっと眠れずにいて、頭が重い。

仰向けになったまま、染みだらけの天井を見ていると、コツコツと壁を叩く音がした。振り向くと、牢格子の外に、吉右衛門が正座をしていた。

「?!——」

心臓が止まるかと思うほど驚いた。善左衛門は薄い暗闇に浮かぶ吉右衛門を、じっと見つめた。何度か目を擦(こす)って、

「私ですよ、善左衛門さん。分かりますか」

「え、ああ……吉右衛門さんだね」

「今すぐ、牢から出して差し上げましょう。さあ……」

「ま、待ってくれ。どういうことだ」

不思議がる善左衛門に、無表情のまま吉右衛門は言った。

「主人の高山和馬様から聞いたのですが、あなたは明日、処刑だそうです」

「ええっ」

　善左衛門は衝撃を隠せなかったが、吉右衛門は声を顰めたまま続けた。

「小普請組は此度の一件の〝御用組〟を命じられておりました。北町奉行の遠山左衛門尉様とも昵懇ですので、話を聞きました」

「嘘だろ……お白洲もせずに、処刑なんかするものか」

「奉行は独自に裁くこともできるから、幾らでもでっち上げられる。それが、お上の力というものです。殺されたいのですか」

「いや……しかし……」

　戸惑って背中を向けた善左衛門だが、しばらく考えて振り返ったときには、吉右衛門の姿はなかった。

「?!――おい。吉右衛門さん」

　格子扉に手をあてがうと、音もなく開いた。善左衛門は思わず外の廊下に出て、不安げに見廻した。鞘番所の由来となっている、細長い牢部屋の奥の方に、吉右衛門が立っており、手招きをしている。

　考えるよりも先に吉右衛門に近づくと、その先は鞘番所の裏手になっており、大横川沿いの道に出た。石段の下には小舟が着けられており、頰被りをした船頭が待っている。

吉右衛門が先に乗り込むと、手を差し伸べてきた。ためらった善左衛門だが、

「早くしなさい。誰かに見られたら、大事(おおごと)です」

と船頭が言うので、急いで飛び乗った。

小舟はゆっくりと漕ぎ出され、川から掘割に移り、材木置き場にしている入り海などを音もなく進み、十万坪の外(はず)れまで来た。

途中、善左衛門が喉(のど)が渇いたというので、吉右衛門は竹筒から水を飲ませてやった。ほっと一息ついたが、なんとなく朦朧(もうろう)としてきた。気持ち悪そうに目を閉じた。

月は春霞(はるがすみ)で薄くなっており、遠くの海には漁(いさ)り火がちらちら光っている。

小舟は砂利ばかりの土地に着いた。だだっ広い空き地になっているが、本来は木材を積んでおく所である。

海風が少し強くなってきて、波音も大きくなった。

這うようにして陸に上がると、小舟はそのまま引き返し、春霞の向こうに消えた。

「なんで、舟が……」

不安げに振り返る善左衛門に、淡々と吉右衛門は答えた。

「帰るのかって？　だって、三途の渡しですからね、もう戻れませんよ」

「――ふ、ふざけないでくれ。逃がしてくれるんじゃないのか」

「もちろんです。鞘番所に帰るってことは、死罪が待っているということですから」

吉右衛門が何処へともなく歩き出したので、善左衛門もついていった。

俄に春霞ではなく、黒っぽい霧が広がって、周りが見えなくなった。ひゅうひゅうと吹く海風と怒濤の音は、獣(けもの)が吠えているようにも聞こえる。身震(みぶる)いした善左衛門は、

「どこまで行くのです」

と怯えながら訊いたが、吉右衛門は答えないで、ただ歩いた。

足下は砂利や粘土が入り混じっていて、時折、尖った大きな石に躓(つまず)き、足の裏を突き刺すような痛みが走った。

ふっと強い風が吹いて、黒い霧が晴れると、獄門台があって、首が晒されている。武士、商人、僧侶、女、老人……それが、何十という数があるように見えた。

「うわっ――!」

吃驚(びっくり)して腰が砕けた善左衛門は、しゃがみ込んだまま歩けなくなった。

「く、首が……首が……」

善左衛門が指すと、吉右衛門も振り向いて、

「ああ……沢山、ありますね……こんなふうになるのは御免だ……急ぎましょう」

「どこへ、行くのです」

「西方浄土に決まっておりましょう。そこは悪人も善人も分け隔てなく、仏様のもとで平穏無事に暮らせるのですからね。南無阿弥陀仏と唱えて下さいよ」

「……悪い夢だ」

「夢ではありません。こんな河原でぐずぐずしていると、鬼か夜叉(やしゃ)に捕まって、首を刎(は)ねられてしまいますぞ」

さっさと歩いていく吉右衛門を、必死に善左衛門は追った。

相変わらず足下は悪いが、やがて霧の向こうに、朱塗りの門があって、さらに奥に大きな祭殿のような建物が見えた。

「あれが、西方浄土の入り口です。でもね、そこでは閻魔(えんま)様が待ち受けていて、色々と質問をされますから、正直に答えて下さいよ。でないと舌を抜かれますからね」

「──そ、そんなのは子供騙しだ。ガキの頃に見た地獄絵に他ならない」

善左衛門は踏ん張るように立ち止まり、

「私は行かない。帰る」

と言った。

ゆっくり振り返った吉右衛門は、悲しそうな顔になって、

「そうですか……人の親切を信じられませんか……私はあなたを助けたいと思っただけなのですがね……」

「この先に行っても、閻魔に殺されるだけだ。どのみち死ぬなら、潔く死ぬ」

「残念です……」

吉右衛門はそのまま歩き続け、また広がってきた霧の向こうに見えなくなった。

取り残された善左衛門は不安が込み上げてきて、立ち尽くしたまま周りを見廻していたが、風と海鳴りに包まれて、恐怖心だけが膨らんできた。

その時、霧の向こうから、悲しそうな女のか細い声が聞こえた。

「助けて……誰か、助けて……」

善左衛門は動かなかった。声は可哀想なくらい震えているが、幽霊か化け物でも潜んでいるのではないかと想像したからだ。

また少し霧が晴れて、その向こうに現れたのは、遊女たちが数人、赤い襦袢が肩から落ちそうで、白い足が見え隠れしている。思わず目を凝らした善左衛門だが、なぜか身動きできなくなった。遊女の中には、善左衛門も見覚えのある娘もいる。

「苦しいんです……『錦鵠堂』さん……もっと阿片を下さい……」

手を差し伸べて、一歩二歩と遊女たちが近づいてくる。

「よせ。やめろ……」

善左衛門は来た道を戻ろうとするが、霧が深くなって、どっちへ行ったよいか分からない。迷いながらも適当に小走りで駆け出すと、砂利に足を取られて転んでしまった。

「あたたた」

したたか膝を打ちつけて、立ち上がろうとすると、手を差し伸べる者がいた。思わず手を摑むと、氷のように冷たい。善左衛門はアッとすぐに手を放した。

目の前に立っているのは、銀蔵だった。

「うわっ——おまえ、どうして、こんな所にいるんだ」

「あんたこそ、なんで」

「……わ、分からない。どういうことだ」

「おみよを返して下さいよ。本気で惚れた相手が、阿片の売人だったとは、俺としたことが、人を見抜けなかった」

「ち、違う……」

「あんたの親切ごかしを信じた俺が悪かったんだが、娘を女郎になんかにされちゃ、どうでも許すことができねえ」

銀蔵は物凄い形相になって、懐から鑿を取り出すと振り上げた。

「ま、ま、待ってくれ……義平のことなら、あいつは本気で惚れたって言ってた……本当だ。おまえの娘にだけは、阿片なんぞ吸わせたりしてねえはずだ。義平は初めて、本気で女を好きになったってよ」

「——俺の娘だけには……てことは、他の娘らを苦界（くがい）に落としたのは認めるんだな」

鬼のような顔で睨みつけると、善左衛門は腰砕けになったまま、

「いや、そういうことじゃなくて……私じゃない。私は何もしていない」

と両手を挙げて、必死に首を横に振った。

「金を返せと迫るのは、やめてくれねえかな。娘が犠牲になったんだからよ。そもそも、罠に陥れたんだろうがよ」

「分かった。よく分かった……二度と、おまえの前には現れない。許してくれ」

「いや。やっぱり許さねえ。おまえみたいな奴は生きてても、世の中の毒だ。死んだ方が人のためだからな」

鑿で突き刺そうとすると、善左衛門は「ひええ」と這いずって立ち上がり、死に物狂いで逃げ出した。だが、やはり黒い霧が深くて、どっちへ行ってよいか分からない。

それでも背後からは、銀蔵が鑿を振り上げてきそうだから、必死で逃げた。

とたん――足下が急に何もなくなり、重い体が落下した。ズドンと落ちて、したたか腰を打った。さほど深くはなさそうだが、落とし穴のようだった。

「あたた……なんだ、ここは、どこだ……夢なら覚めてくれ……」

落とし穴の中に落ちたまま、上を見上げると、遊女たちの救いを求める声とともに、幽霊のような女の顔が幾つも覗き込んでくる。そして、白くて細い手を垂らして、

「もっとおくれ……『錦鵠堂』さん……私たちを楽にしておくれ……」

と悲しみを帯びた声で繰り返すのだった。

何本もの白い手と指は、地獄から救い出してくれるようにも、突き落とすようにも見えた。白い手と指は不気味な大きな花びらのように広がって、善左衛門の眼前に迫ってきた。

「うわあ――！」

六

絶叫を上げて、跳ね起きた善左衛門は、蒲団(ふとん)に寝かされていた。

ここが何処か分からない。

呆然とした頭で周りを見廻すと、立派な屋敷の一室で、障子の外には灌木などが綺麗に剪定された庭が広がっている。

その縁側には、誰かが座って、日向ぼっこをしていた。

振り返ったのは、吉右衛門である。

「あっ……あんたは……」

蒲団の上で見ていた善左衛門は、安堵したように吉右衛門に擦り寄ろうとした。

「お目覚めですかな……いやはや、吃驚しましたよ」

「えっ……」

「橋から落ちた子供を助けるために、飛び込みましたからね。それはいいけれど、あなたの方が溺れてしまって……みんなで助け上げたのですよ」

「――溺れた……」

「大丈夫です。子供は大事ないです。それより、あなたの方が、大丈夫ですか」

吉右衛門が近づいてきて、

「どうやら、悪い夢を見ていたようですな。でも、安心なさいまし。ここは、高山という旗本の屋敷です。頭や足腰も打ったようなので、良くなるまで、ずっといて下さってけっこうですよ。で、私は……」

「ご隠居の吉右衛門さん」

「おや、よくご存じで。はて、私、名乗りましたかな。そんな余裕はなかったと思いますがね……ええ、吉右衛門です。で、あなた様のお名前はなんとおっしゃいますか」

「はあ?」

善左衛門が不思議そうに吉右衛門を見やったとき、廊下から和馬が入ってきた。

「大声を上げたが、大丈夫か」

「どうやら、悪い夢を見ていたようです」

微笑みながら吉右衛門が言うと、和馬も頷いて、

「とにかく、気がついてよかった」

「――あなたが高山和馬様……」

「ああ、そうだ」

「吉右衛門さんからは、よく聞いておりましたが……そうですか……」

善左衛門が言うと、和馬は首を傾げ、

「なんだ、吉右衛門。おまえ、知り合いだったのか」

「いいえ。さっきみんなで助け上げたばかりでございます」

着物も着替えさせたという。意外なことを言われて、善左衛門は気持ちが整理できないでいた。吉右衛門はその顔を覗き込んで、

「名前は分かりますか、自分の」

「ええ。善左衛門といいます……薬種問屋『錦鵠堂』の主人です。知ってるでしょ。吉右衛門さん、何度も散歩で会ってるし」

「えっ。『錦鵠堂』の主人……あの深川診療所前の……ですか」

これまた怪訝そうに訊き返すと、善左衛門は蒲団から這い出て身を乗り出し、

「そうですよ。分からないのですか、私が。よく見て下さいよ」

必死に訴えたが、和馬は首を傾げた。

「どうやら、頭を強く打ったようだな。もう一度、藪坂先生に診て貰った方がよいかもしれないいな、吉右衛門」

「ですな……」

ふたりのやりとりを見ていた善左衛門は、苛立ちを隠しきれずに、

「藪坂先生なら、私もよく知ってる。すぐにでも先生を呼んで下さい。さあ」

と語気を荒げた。だが、体が疲弊しているのか、少し咳き込んで俯いた。

「そう焦らずともよろしいでしょう……滋養のつくものを食べて、おいおい思い出し

ましょう。何処の誰かということを」

「…………」

「どうしました?」

「私は、本当に『錦鵠堂』の主人です。吉右衛門さん、あなたが助けてくれたじゃないですか。鞘番所の牢部屋から、ほら」

「何の話です。やはり夢では……」

「夢……あれが、夢……」

善左衛門は頭がおかしくなったように、首を振り廻して、

「実は、妙なことがあって……吉右衛門さん、あんたが助けてくれるって、そいでもって、舟で三途の川を渡って……」

「三途の川……」

「いや、そうじゃなくて、晒し首が沢山あって、そこで……」

自分の身に起きたことを、善左衛門は一生懸命、丁寧に説明した。

黙って聞いていた吉右衛門は、情け深い目になって、

「よく分かりました。とにかく、何か美味しいものでも食べて、それから散策でもしてみましょう。何か思い出すかもしれませんからな。ええ、そうしましょう」

軽いものを食べ、苦い茶を飲んでから、吉右衛門と一緒に屋敷を出た。

まだ桜の咲いている掘割沿いの並木道を歩きながら、『錦鵠堂』の前まで来た。軒看板の下に立つと、

「ここです、ここです」

と善左衛門は店の中に入った。

「いらっしゃいませ」

手代の修助と海老八が同時に声をかけた。

善左衛門はふたりを睨みつけ、

「おい……いらっしゃいではなく、お帰りなさいだろうが」

「え……？」

修助と海老八は不思議そうに顔を見合わせた。その時、奥から、紬の羽織姿の主人らしき人が出てきて、丁寧に膝をついた。

「いらっしゃいませ。主の徳兵衛でございます。今日はどのようなお薬を、ご用命でございましょうか」

一瞬、虚を突かれた顔になった善左衛門だが、沸々と怒りが湧いてきて、

「ふざけるな。ここは私の店だ」

「――いえ、私どもの……」

「親父が作って、私が二代目だ。善吉、今の名前は、善左衛門。親父の名前は、琳右衛門だ。ふざけるな」

大声で言い、今にも暴れそうだったので、手代ふたりが制しようとした。が、徳兵衛は構わないと手を挙げた。

「先代の琳右衛門さんなら、私もよく存じております。薬作りの修業をさせて貰いましたので……もちろん、息子さんの善吉さんが継ぐはずでしたが、あのような悲しい事故で亡くなってしまい、番頭をしていた私が継がせて戴きました」

「おまえみたいな番頭はおらん。何をグチャグチャと訳の分からないことを。私は、ちゃんとこうして生きてる」

「そうおっしゃられても、善吉さんが亡くなったのは十歳の頃です。友だちと、材木置き場で、筏を組んで遊んでいたときに、材木の下敷きになったまま海に転落し、溺れて……本当に悲惨な事故でした」

徳兵衛が悲しみを帯びた顔になると、善左衛門は表情が強張った。

「――たしかに、私は……そういうことがあった……頭の上に何本もの材木が転がってきて、そのまま海に……」

遠い昔のことを思い出したのか、善左衛門は辛そうに眉間に皺を寄せた。だが、首を大きく左右に振りながら、

「違う、違う。でも、私は助かった。誰か知らないが、鳶の者か誰かが、すぐに飛込んでくれて、救ってくれたんだ」

「ええ。引き上げましたが、すでに事切れており……ひとり息子ですから、お父様はそれはもう号泣で……」

「出鱈目を言うな。私は生きている。さっきのさっきまで、私はこの店の主人だったのだ。おまえこそ、誰だ。なんで、こんな真似をしてるのだ――おい、修助、海老八、なんとか言え」

乱心した殿様のように、善左衛門は文句を言ったが、手代らは気味悪がるばかりであった。徳兵衛も訝しげにしていると、藪坂甚内が入ってきて、

「徳兵衛さん。いつもの薬を三十人分ずつ用意してくれるかな」

と言った。

すると、善左衛門は藪坂の袖を摑んで、

「先生。私、誰だか分かりますよね。『錦鵠堂』の主人は私ですよね。変な奴が居座ってるんです。どうにかして下さい」

「――誰だね、あんたは」

「だ、誰って……勘弁して下さいよ……これも夢だ、きっと夢だ……」

善左衛門は自分の頬をつねって、痛いと叫んだ。

「藪坂先生。これは何の真似です。いつも、私が薬を届けてるじゃないですか。この前、阿片を渡さないと言ったから、こんな嫌がらせをしてるんですか」

「阿片……おまえさん、阿片を扱ってるのかね……」

「あ、いや、そうじゃなくて……」

「近頃、そういう輩がいると聞いておったが、おまえさんが売人の元締めか」

俄に強面(こわもて)になる藪坂を、善左衛門は押しやるようにして表に飛び出した。

そこに、古味と熊公が歩いてきた。追って出てきた藪坂が、

「旦那。そいつが怪しいですぞ。阿片をどうのこうのと言ってた」

と声をかけた。

「なんだと」

熊公はすぐに善左衛門を羽交い締めにして、その場に組み伏した。前に立ちはだかった古味は、十手を肩にあてがって、

「そうなのか。おまえが阿片の元締めなのか」

「ち、違う……」

「名前はなんだ。何処の誰兵衛だ」

顰め面に睨みつける古味にまで、善左衛門は救いを求めるように、

「私ですよ、旦那……私は鞘番所に呼び出されて、辻さんという内与力様から尋問を受けました。覚えてますよね。旦那……私は、この『錦鵠堂』の主人ですよね」

「言うに事欠いて、『錦鵠堂』を騙るとは、大した根性だ。じっくり、聞くから、鞘番所まで来て貰おうか」

「旦那。古味の旦那、そりゃないでしょ。私もたまにですが、あなたに袖の下を渡しているじゃないですか」

「黙れ。おまえなんぞ、知らぬ」

古味が十手で善左衛門の鳩尾辺りを突くと、熊公に抱えられるようにして、鞘番所まで運ばれた。

土間に座らされた善左衛門は、既視感を抱いてきた。

その前にデンと構えた古味は、改めて強い口調で問い質した。

「名を名乗れ。おまえは一体、何者だ。何故、阿片なんぞを扱っておるのだ」

「——古味様……これは何か悪い冗談ではないのですか……私は『錦鵠堂』の主で、

善左衛門という者です。町の者たちにも訊いて下さい。お願いです」

「もう訊いたよ。誰も、おまえのことなんぞ知らぬ」

「嘘でしょ……本当に私は……」

「舐めるなよ。素性も言わぬというなら、拷問に掛けるしかないが、それでもいいのか。まずは石を抱かてやるか、おい」

土間の片隅にある大きな平らな石と、ギザギザの板を、熊公が運んできた。

洗濯板のような尖った面に正座しただけでも、向こう臑が痛くて悲鳴を上げる。どんな気丈な男でも、石一枚で音を上げ、二枚載せれば膝が折れて気絶するという残酷な拷問だ。

「や、やめて下さい……」

「ならば、名前くらい正直に言え」

「ですから、私は……私は、本当に『錦鵠堂』善左衛門でございます」

泣き出しそうな声で、善左衛門は言った。

「まだ、そんなことを抜かすか。構わぬ、熊公。痛いめに遭わせてやれ」

「へい」

熊公は暴れようとする善左衛門を後ろ手に縛りつけ、板の上に乗せた。元相撲取りだけあって、馬鹿力だけはある。

板の上に乗せられた善左衛門は、

「あ……ああ……痛い痛い……やめてくれえ……もう沢山だ……ああ、やめて……」

と喚きながら、目が虚ろになると気を失ってしまった。

七

寒さにゾクッとなって目が覚めると、善左衛門は今度は、鞘番所の牢部屋にいた。

真っ暗で、他に誰もいそうになかった。

「──ぜんぶ……ゆ、夢だったのか……？」

起き上がろうとすると、体の節々が痛くて、うっと声が洩れた。

しばらく呆然と牢内を見廻していたが、深く長い溜息をついた。喉がカラカラに渇いている。だが、ここには水もない。ただ虚空に手を伸ばすようにして、善左衛門は前のめりに倒れた。

すると一陣の風が吹いて、牢格子の外に蠟燭灯りがともった。

ギクリと驚いて善左衛門が見やると、そこには、また吉右衛門が立っていた。

「もう勘弁してくれ……」

気弱な掠れ声で善左衛門が言った。

「どうなされました、善左衛門さん……随分と、うなされていたみたいだが」

「私のことが分かるのか……誰だか分かるのか」

善左衛門が縋るように訊くと、吉右衛門は燭台を掲げて、

「大変な思いをしましたな。ここから、出してあげましょう。このままでは、あなたは明日にでも処刑されてしまいます」

「い、いや……いい」

「はあ？」

「もういいのだ。私はどうせ、首を刎ねられても仕方がない人間だ……そういう生き方をしてきた人間なんだ」

背中を丸めて座り込んだまま、善左衛門はしくしくと泣いた。吉右衛門は黙ったまま見ていると、

「申し訳ありません……」

ぽつりと言って、身の上話を続けた。

父親は『錦鵠堂』を開いた薬商人だが、生まれは貧しい越中の村だった。父親は

腸の病に罹ったとき、通りすがりの薬売りから分けて貰った薬で快復した。そのことから、富山城下で薬作りを学び、自らも売り歩いた。

江戸で行商をしているとき、知り合った母親と一緒になり、深川に店を出した。その頃は、まだ円照寺は診療所ではなかったが、地元ではなくてはならない薬屋となったのだ。

「ですがね……あるとき、親父は治る見込みのない重病の患者を、楽に死なせてやってくれないかと、知り合いのお武家に頼まれました……もちろん初めは断りました」

「やったのかね……」

「そのお武家様には、色々と世話になっていたらしく、渋々と特殊な薬を作って飲ませたそうです……同じような頼み事が、数件、重なりました……ですが、親父の名誉のために言っておきますが、死なせてはいない。快復するように煎じていたのだが、それが叶わず、本当に死んだだけなのです……死ぬ時期だっただけなのです」

「…………」

「でも、こっそり重い病の者を殺しているのではないかと、と噂になります……親父は初めから断っておくべきだったと思いながらも、自責の念に堪えられなくなって、それこそ服毒して自害しました」

善左衛門は唇を噛みしめながら、目を真っ赤にして、

「私も十歳くらいになってましたし、薬の調合などを教えて貰ってましたから、なんとなく様子は分かりました……でも、それから世間は掌返しだ……当たり前ですよね、人を助ける薬種問屋が、人殺し扱いなんですから……店はとたんに傾きました」

「…………」

「でも、そのときには、敏之助という立派な番頭がいたので、なんとか潰れずに済みました。ですが、思いもよらないことが起こりました……」

俄に憎々しい顔になって、床を叩いた。

「母親が……お節というのですが……事もあろうに、どこぞの男と駆け落ちしたんですよ……ええ、私を捨てて」

「なんと、そんなことが……それは、あんまりですな」

吉右衛門は気持ちを察するように、痛々しい表情になった。

「母親も世間の目が耐えられなかったのでしょうが、私を捨てていくことはない……恨みましたよ。今でも、ええ……」

言葉に詰まった善左衛門は、それでも頑張って薬屋として生きていこうと誓った。

たまさか訪ねてきた小野仁志という漢方医のもとで数年、修業させて貰い、店に戻ってきたという。

「その時もまだ、色々なことを言われましたよ……悪い噂は何年経っても、忘れられないものなんですかね」

「ですかな……」

「だから、私は昔を振り返らず、ただただ笑顔でいようと思ったのです。人に親切を施そうとしたのです」

「それは、良い心がけではないですか」

「ええ……でも、それは上っ面。上辺だけは、良くしておこう。そう心に誓ったのです。なぜなら、それが世間てものだからです……親父に近づいてきた善意の塊のような人に限って、親父が困ったときに、真っ先に知らん顔をした」

「…………」

「知らん顔をしたどころか、人には悪し様に罵っていた……だから、私もそういう人間になっておこうと決めたのです。その方が、人を本気で信じなくていいし、裏切られたときに、気が楽だからです」

自分勝手な処世術ではあるが、最も信頼していた母親にすら裏切られたのだ。ひとりで生きていくためには、表と裏を分けておこうと決めたという。

「箪笥職人の銀蔵の言葉を借りれば、それは紛い物だがな。表裏が一体でなければ、いい箪笥ではないとか」

吉右衛門が言うと、自嘲するように善左衛門は呟いた。

「――そうかもしれませんな……でも、見えないところで立派なことをしている人間なんて、いるのでしょうかね……私はいまだに、そんな人に巡り会ったことがない」

「では、なぜ、義平らに阿片を扱わせていたのです」

「ひとりで、生きていかせるためですよ……義平はまだ十、七八で、親がいないので、私が身許引受人になったんだ」

「…………」

「もっとも、良いことをしようと思ったわけじゃない。上っ面だけですよ、でも、裏目に出た。悪い奴を庇うことで、自分も悪者にさせられたんだ……ですから、逆に意地になって、義平のような若い奴を助けようと思った」

善左衛門はまさに依怙地になったように続けて、

「大店を紹介したり、頼み込んで大工見習いにしたり……でも、みんな根気がないのか、すぐに仕事をやめた。文治やお菊もそうだ。世の中の鼻つまみものだ。阿弥陀如来様も、助けてくれなかった」

「………」

「でも、生きるためには金がいる……強壮剤と称して、阿片を売る。それで儲ける。誰が癖になろうと、それは、そいつらが悪いんだ。いやなら買わなきゃいいだけだ」

滔々と勝手な理屈を話して、善左衛門はそれの何処がいけないのだ、これも世間というものだと付け加えた。

「な……私の方がよっぽど、見えないところで、いいことをしてるだろう」

「さようですか……」

憐れみに似た表情を浮かべた吉右衛門は、蠟燭灯りをさらに牢格子に近づけて、

「いつぞや、目病の老婆を、藪坂先生のところに連れていき、診察料や薬代まで払ってあげたとか。なかなかできませんよ」

「ふん……違いますよ。あれも、店の前で物乞いのような女に、うろうろされては迷惑だっただけですよ。だから、店に帰ってから、手代らを叱りつけました。『あんな汚い奴が来たら、適当に追っ払っておけ』ってね」

バカ正直に善左衛門は言った。それを聞いていた吉右衛門は、寂しそうに頷き、

「そういうことでしたか……その婆さんの目は治らないそうです……藪坂先生が診な

がら聞いた話だそうですが、　婆さんも大昔に、　理由は分からないけれど、　子供を捨て、男と逃げたそうです」

「あの婆さんが……」

「暮らしが二進も三進もいかない状態だったから、相手の男から結構な金を貰って、身売り同然に一緒に逃げたとか……でも、その金はぜんぶ、子供に残してた」

「それが、私の母親とは違うところですな」

「金は番頭と、子供の勉学のために漢方医に払っていたそうです」

「えっ……」

俄に心がざわついた善左衛門は、牢格子の方に近づいてきた。蠟燭灯りに赤く照らされた顔は、淡い期待が込められていた。

「ま、まさか……」

「老婆の名前は、お節さんというらしいです……何か深い事情が他にもあるようですが、見えないところで、息子を守ろうとしていたのですな、きっと……」

「嘘だ……」

「その人は、目が悪くなったのも、己がしたことの因果応報だと話していたとか」

善左衛門は牢格子に必死にしがみついて、

「本当に、そんなことを……」

「――会ってみますか、もう一度……手を引かれて、診療所に連れていかれた老婆の方は、目は見えずとも、捨てた息子だと気付いていたかもしれませんよ」

「……ほ、本当に……お、おふくろなのか……」

「だと思います」

「会ってみたい……ああ、会って……も、文句を言ってやりたい」

噛みしめるように言って、善左衛門は牢格子の隙間から手を伸ばした。

吉右衛門は頷いて、牢扉の錠前の鍵を開けた。すぐに善左衛門は飛び出ると、履き物も履かずに、鞘番所から飛び出していった。診療所はさほど離れていない。一目散に駆けていった。

自分の店の前を通り、山門の前に来たとき、ふいに黒い影が立ちはだかった。月は雲に隠れ、辻灯籠(つじどうろう)のあかりも落ちていて、相手の顔は見えなかった。

「悪いがな、善左衛門……おまえはもう用無しだ」

腰の刀に手をあてがった侍は、ゆっくりと抜き払い、切っ先を向けた。

「やめろ。もう、やめてくれ。俺は、おふくろに会いに行くだけだ」

「知ったことか」

侍はブンと刀を振り下ろした。善左衛門は慌てて、後ろに跳んだが、その弾みで腰が砕けて尻餅をついた。侍が刀を振り上げ、斬り下ろそうとしたとき、

「酷いじゃないか、石崎様——私はあんたの名前を一切出さなかった。鞘番所で問い詰められても、拷問にかけられそうになっても……なのに、なぜだ」

「…………」

「殺すなら殺せ。もう、どうだっていい。女房もいなきゃ、子もいない。だが、一目だけ、一目だけでいいから、おふくろに会わせてくれ……相手は目が見えない。俺の顔が分からないだろうが、五十になった息子の恨みつらみを聞かせてやりたいんだ……それからでも遅くあるまい。石崎様」

地面に座って見上げたまま、善左衛門は必死に訴えた。その首根っこに、ぴたっと刀身があてがわれた。冷たさに、ヒッと善左衛門は声を洩らした。

「石崎主水のことだな」

「え……」

侍が顔を近づけると、それは——和馬だった。目を丸くした善左衛門に、

「徒目付組頭の石崎主水が、おまえの後ろ盾だったのだな」

「…………」

「そのこと、遠山様の前で証言できるな」

意外な出来事に、善左衛門はキョトンとなったが、

「はい……しょ、証言します……だから、た、助けて下さい……もう、嘘をつきとおすのは、嫌です……ああ……」

命乞いをして、泣き崩れるのであった。

翌日――。

善左衛門は北町奉行所に呼ばれ、本物の石崎主水と対面することとなった。

事前に、老中からの差配で、石崎の屋敷が探索され、蔵から、大量の阿片粉の塊が見つかっていた。石崎は善左衛門のみならず、十数人の〝元締め〟を見繕って差配し、抜け荷で手にしていた阿片を売り捌いていたのだった。御家断絶の上、切腹となった。

『錦鵲堂』は闕所となり、善左衛門は遠島となった。強壮剤として阿片を売り捌いたことは、偽薬を売ったこととなる。薬種問屋でなくとも、獄門である。抜け荷を扱うのも死罪である。

だが、徒目付組頭に利用されていたこと、普段は善人であったこと、多くの人を助けていたこと、薬種問屋として世間に貢献していたことなどを踏まえて減刑され、死罪だけは免れたのだった。

吉右衛門としては、無罪放免になるかと思っていたが、甘かった。和馬も残念がったが、町奉行と評定所が裁断したことだから、やむを得なかった。

「——それにしても……みんなよく協力してくれたものだ。本物の役者のように芝居をしてたなあ……」

善左衛門が見た夢はすべて、吉右衛門とその仲間たちが口裏を合わせて、それぞれの役をやったのだ。もちろん、善左衛門から本当のことを聞き出すのと同時に、素直な心を取り戻して貰いたいからであった。

「お灸が強すぎましたかな……ですが、命があれば、また……」

やはり御赦免花を、期待するしかなかった。

「しかし、最後くらい母親に会わせてやりたかったな、吉右衛門」

子供の頃に母親を失っている和馬が、しみじみと言った。が、吉右衛門は申し訳なさそうに手を振りながら、

「いえ。あの話も作り話です。善左衛門さんとは関わりのない婆さんですよ」

「えっ……そうなのか」

「藪坂先生の話から、たぶん、そういうことだろうとね……でも、何処かで生きていて、再会できればよろしいですなあ」

「まったく、おまえは……」

「でもね、闕所にはなりましたが、新たな『錦鴇堂』を作って、当面は藪坂先生や千晶らが、頑張るそうですぞ。もし、善左衛門さんが帰ってきたときのためにね」

吉右衛門は屈託のない顔で、わははと笑った。

世間はそれほど捨てたものではない。だが、信頼していた人の裏切りで、人を変えてしまうこともある。せめて自分たちは、人を裏切らず、人から裏切られないような生き方をしようと、吉右衛門は言った。

「おいおい。誰に物申してるのだ。俺が親切を施すたびに、文句を言っているのは、一体、どこの何方さんでしたっけね」

「先立つものがないと、空約束になってしまいますからね、まずは自利、それから、利他。浄土宗では……」

「もうよい、もうよい」

和馬は厄介そうに手を振ると、あてもないのに屋敷から飛び出していった。吉右衛門はまた大笑いしながら、

「今日は何を食べますかいのう……」

と庭先から空を見上げた。

淡い青空に、ひらひらと桜の花が舞っている。散るには早いのではないかと、吉右衛門は思ったが、気がつくと庭の小さな池には、花筏が広がっていた。

それもまた風流だと思いながら、どこか遠くで鳴く雲雀の声に耳を澄ましていた。

二見時代小説文庫

いのちの種(たね) ご隠居(いんきょ)は福(ふく)の神(かみ) 4

著者 井川香四郎(いかわこうしろう)

発行所 株式会社 二見書房
〒一〇一-八四〇五
東京都千代田区神田三崎町二-一八-一一
電話 〇三-三五一五-二三一一［営業］
〇三-三五一五-二三一三［編集］
振替 〇〇一七〇-四-二六三九

印刷 株式会社 堀内印刷所
製本 株式会社 村上製本所

 ISBN978-4-576-20162-7
https://www.futami.co.jp/

青田 圭一

奥小姓裏始末 シリーズ

以下続刊

①奥小姓裏始末1 斬るは主命
②ご道理ならず

竜之介さん、うちの婿にならんかね——。故あって神田川の河岸で真剣勝負に及び、腿を傷つけた田沼竜之介を屋敷で手当した、小納戸の風見多門のひとり娘・弓香。多門は世間が何といおうと田沼びいき。隠居した多門の後を継ぎ、田沼改め風見竜之介として小納戸に一年、その後、格上の小姓に抜擢され、江戸城中奥で将軍の御側近くに仕える立場となった竜之介は……。

藤木 桂

本丸 目付部屋 シリーズ

以下続刊

①本丸 目付部屋 権威に媚びぬ十人
②江戸城炎上
③老中の矜持
④遠国御用
⑤建白書
⑥新任目付
⑦武家の相続

大名の行列と旗本の一行がお城近くで鉢合わせ、旗本方の中間がけがをしたのだが、手早い目付の差配で、事件は一件落着かと思われた。ところが、目付の出しゃばりととらえた大目付の、まだ年若い大名に対する逆恨みの仕打ちに目付筆頭の妹尾十左衛門は異を唱える。さらに大目付のいかがわしい秘密が見えてきて……。正義を貫く目付十人の清々しい活躍！